어쌔신즈 프라이드
ASSASSINSPRIDE
Secret Garden 2

「선생님들한테
몽──땅 맡겨──!」

로제티 프리켓

최연소로 성도 친위대에 입대한
엘리트로, 엘리제의 가정교사.
쿠퍼에게는 가정교사 동료
이상의 감정이 있는 듯…….

「후후……로제 선생님은 덜렁이.」

엘리제 엔젤

메리다의 사촌자매로 《팔라딘》
클래스의 마나 능력자. 아주
좋아하는 메리다와 친한 쿠퍼를
경계하면서도 의지하고는 있다.

「라이페어 축젯날에
세르주 오빠는
야계로 조사를 떠나요.」

살라샤 쉬크잘
쉬크잘 가문의 영애로
창의 명수 〈드라군〉 클래스.
소극적인 성격이지만 쿠퍼를
만나면 어째선지 항상 대담한
결과로 이어지는데……

[우리 우정의 위기예요.]

뮬 라 모르

《디아볼로스》클래스로 라 모르
공작 가문의 영애. 쿠퍼를 향한
어프로치를 반복하지만 매번
무시당해 애달픔만 켜켜이 쌓일 뿐.

《하늘의 신부(라이 페어)》축제에 마음을 담아서—

쿠퍼 방피르

〈백야 기병단〉 소속의 암살자로
메리다의 가정교사. 공작 가문
영애들과 친해질수록 점점 더
소란스러워질 뿐이지만……
이런 나날도 나쁘지는 않다.

「지금이 바로 제가 가정교사로서
쌓아 올린 것을
전부 활용할 때로군요—」

「마음뿐이긴 합니다만
하늘의 신부를 축하하는 잔치를,
함께 즐겨주세요.」

메리다 엔젤

《팔라딘》 가문 출생이지만 마나를
지니지 않았던 소녀. 최근엔
쿠퍼와의 관계도 많이
가까워졌지만 라이벌이 많아
방심할 수 없는 나날이 계속된다.

ASSASSINSPRIDE
CONTENTS

CLASSROOM: I
~새벽빛 채필수업~
007

CLASSROOM: II
~한낮의 수심수업~
045

CLASSROOM: III
~황혼의 접객수업~
077

CLASSROOM: IV
~야음의 추구수업~
117

CLASSROOM: V
~천일의 삼공축일~
164

후기
216

어새신즈 프라이드

ASSASSINSPRIDE

Secret Garden 2

아마기 케이

어새신즈 프라이드
ASSASSINSPRIDE
Secret Garden 2

첫 게재 / FIRST APPEARANCE

CLASSROOM:I ~새벽빛 채필수업(캔버스 레슨)~ 　　드래곤 매거진 2019년 9월 호

CLASSROOM:II ~한낮의 수심수업(스피릿 레슨)~ 　　드래곤 매거진 2019년 11월 호

CLASSROOM:III ~황혼의 접객수업(서비스 레슨)~ 　　드래곤 매거진 2019년 9월 호

CLASSROOM:IV ~야음의 추구수업(트레이스 레슨)~ 　　본서

CLASSROOM:V ~천일의 삼공축일(스타즈 홀리데이)~ 　　본서

쿠퍼 방피르

《백야 기병단》에 소속된 마나 능력자.
클래스는 《사무라이》. 메리다의
가정교사 겸 암살자로서 파견됐으나
임무를 어기고 메리다를 육성하고 있다.

메리다 엔젤

3대 공작 가문인 《팔라딘》 가문
출생이지만 마나를 가지지 않은 소녀.
무능영애라고 멸시당해도 마음이 꺾이지
않은, 다부지고도 심지가 강한 노력가.

엘리제 엔젤

메리다의 사촌 자매로 《팔라딘》
클래스를 가진 마나 능력자.
학년 제일의 실력을 자랑한다.
말이 없고 무표정.

로제티 프리켓

정예부대 《성도 친위대》에
소속된 엘리트.
클래스는 《메이든》.
현재는 엘리제의 가정교사.

뮬 라 모르

3대 공작 가문의 일각
《디아볼로스》의 영애.
메리다 등과 동갑이지만
어른스러운 신비한 분위기가 특징.

살라샤 쉬크잘

3대 공작 가문 《드라군》의 영애.
뮬과는 같은 학교에 다니는 친구.
암전하고 심약하다.

세르주 쉬크잘

젊은 나이로 작위를 이은
《드라군》 공작이자 살라샤의 오빠.
《혁신파》의 수괴라는 얼굴도 가진다.

블랙 마디아

《백야 기병단》에 소속된
변장의 엑스퍼트.
클래스는 자유자재의
모방능력을 가진 《클라운》.

윌리엄 진

란칸스로프이지만
《백야 기병단》 소속이 된 구울 청년.
아니마를 사용해 붕대를
자유자재로 조종하며 싸운다.

네르바 마르티요

메리다의 동급생으로
그녀를 괴롭혔지만,
최근엔 관계성이 변화.
클래스는 《글래디에이터》.

란칸스로프	밤의 어둠에 저주받은 생물이 괴물로 변한 모습. 다양한 종족으로 나뉘어져 있고, 아니마라고 하는 이능을 지닌다.
마나	란칸스로프에 대항하기 위한 힘. 이것을 지닌 자는 란칸스로프의 위협으로부터 인류를 지키는 대신에 귀족의 지위를 가진다. 능력의 방향성에 따라 다양한 클래스로 구분된다.

기본 클래스

펜서	높은 방어성능과 지원능력을 자랑하는 방어특화의 방패 클래스.	글래디에이터	공격·방어가 두루 빼어난 성능을 가지는 돌격형 클래스.
사무라이	민첩성이 뛰어나고, (은밀) 어빌리티를 보유한 암살자 클래스.	거너	다양한 총기에 마나를 담아 싸우는 원거리전에 특화된 클래스.
메이든	마나 그 자체를 구현화해서 싸우는 일에 뛰어난 클래스.	위저드	공격지원에 특화되었으며, (주술)이라는 디버프 계열 스킬을 가지는 후위 클래스.
클레릭	방어지원능력과 아군에게 자신의 마나 를 나누어주는 (자애)를 가지는 후위 클래스.	클라운	다른 7개 클래스의 이능을 모방할 수 있는 특수한 클래스.

상위 클래스
3대 기사 공작 가문인 엔젤 가문, 쉬크잘 가문,
라 모르 가문만이 계승하는 특별한 클래스.

팔라딘	전투력, 아군 지원, 그 밖의 모든 부문에서 높은 수준을 자랑하는 만능 클래스. 전 클래스 중 유일하게 회복 어빌리티 (축복)을 지닌다. 엔젤 공작 가문이 대대로 계승.
드라군	(비상) 어빌리티를 가지는 클래스. 가공할 만한 도약력과 체공능력을 살려 관성을 남김없이 공 격력으로 바꾼다. 쉬크잘 가문이 지니는 클래스.
디아볼로스	상대의 마나를 흡수할 수 있는 고유 어빌리티를 가져, 정면전투에서는 비할 데 없는 강력함을 발휘하는 최강의 섬멸 클래스. 라 모르 가문이 계승.

CLASSROOM: I ~새벽빛 채필(彩筆)수업~

캔버스   레슨

"인물화 데생, 이요?"

"그렇습니다, 메리다 아가씨. 오늘의 레슨은 그걸 하죠."

메리다의 방에서. 학원 휴일, 화창한 오후에 일어난 일이다.

휴일에는 보통 가정교사와 일대일로 아침부터 밤까지 레슨에 또 레슨이 이루어진다. 무척 힘들지만 쿠퍼가 한시도 곁을 떠나지 않고 지도해주는, 메리다에게는 즐겁고도 귀중한 시간이다.

그런데 오늘 레슨은 트레이닝복으로 갈아입을 필요도 없거니와 목검도 필요 없다고 한다.

도대체 무슨 일일까 하고 저택 2층 큰 방에서 오도카니 앉아 기다리던 메리다에게 가정교사는 명랑하게 내밀었다.

스케치북을——.

메리다는 고분고분 그것을 받아들면서도 눈을 위로 치켜뜨지 않을 수 없었다.

경애하는 사람이 하는 일이다. 반드시 다 까닭이 있을 테지만.

"……그림 그리기가, 마나 능력자에게도 중요한 능력인가요?"

문득, 하늘의 계시를 받은 것처럼 생각이 떠올랐다.

"설마, 기병단 입단 시험에 미술 과목이 있다든가……!"

"안심하십시오. 그런 시험은 없습니다. 다만——."

쿠퍼는 입가에 손가락을 대고 쓴웃음을 가린다.

"첫째, 《창조력》을 기르기 위해서입니다."

"창조……력?"

"제가 그렇게 지도하고 있어서긴 합니다만 아가씨께서 사용하고 계시는 어썰트 스킬은 현재 전부 제 스킬이 토대이죠? 하지만 앞으로 아가씨만의 아류 스킬이 필요해질지도 모릅니다……. 아니, 반드시 그렇게 되길 바랍니다. 그리고 그를 위한 지식과 힘을 익혔으면 합니다."

인물화를 그리는 과정에서 대상이 되는 사람, 자세, 약동감을 극명하게 떠올리는 것은 스킬 개발의 토대를 배양해줄 것이다.

쿠퍼는 그럴싸하게 손을 들고 손가락 두 개를 세웠다.

"그리고 둘째는 인물화를 공부하는 일은 인간의 몸 구조를 이해하는 것과 연결되기 때문입니다. 이것은 무예를 연마하는 사람에게도 필수적인 지식이죠——."

"그렇군요……."

"그런고로."

쿠퍼는 빙긋, 신사적인 미소를 지었다.

"오늘은 저와 아가씨가 서로를 모델로 데생을 해보죠."

"서, 선생님과 서로 쳐다보면서, 둘이서……어어."

메리다의 천진난만한 볼이 후끈 달아올랐다.

스케치북을 가슴에 품으면서 평소처럼 꾸벅 인사한다.

"레슨 잘 부탁드리겠습니다, 선생님!"

쿠퍼는 자못 만족스러운 듯 미소가 한층 진해졌다.

그리고 속으로 이렇게 생각했다.

──새끼 곰이 덫에 걸렸군……!!

어딘지 모르게 그림자가 진 신사 스마일의 이면에서 다음과 같은 사고가 소용돌이친다.

아아, 이 죄 많은 가정교사를 용서하십시오, 아가씨. 이 인물화 레슨은 틀림없이 당신을 위한 것이지만 동시에 제 목적을 달성하기 위한 것이기도 합니다.

이 사실을 알면, 후훗, 또 사랑스럽게 볼을 부풀리면서 저를 야단치실까요?

──시계의 시침이 세 바퀴 반 정도 되감긴다.

오늘의 레슨 뒤에 숨어 있는 쿠퍼의 진정한 목적은 바로…….

† † †

"아아, 메리다 아가씨를 벗겨드리고 싶은데……."

"쿠퍼 씨?"

덜커덕. 에이미가 의자를 흔들면서 일어났다.

같은 날 오전, 주방에서 식사 뒷정리를 하는 도중 일어난 일이다.

한 살 연상인 메이드장은 접시를 닦는 쿠퍼의 손을 멈추게 하고 그의 정면으로 돌아들었다. 마치 오늘만을 사는 젊은이를 타이르는 것처럼 진지하게 쿠퍼의 눈동자를 들여다보며.

"분명 피곤해서 말이 헛나온 거죠? 그래요, 너무 열심히 일하는 것도 좋지 않다고요."

"이런, 혹시 입 밖으로 나와버렸습니까?"

"메, 메리다 아가씨의…… 아, 알몸을 보고 싶다고, 방금."

네에, 하고 실로 괴로운 듯이 숨을 푹 쉬는 쿠퍼.

"슬슬 마냥 피하기만 할 수는 없을 것 같습니다. 이 이상, 단련을 진행하기 전에…… 불상사가 생기기라도 하면 아가씨를 뵐 낯이 없기도 하고요."

"……쿠퍼 씨? 대체 무슨 말인가요?"

"아, 실례. 처음부터 설명해야겠군요."

쿠퍼는 일단 고민을 멈추고 에이미를 향해 돌아섰다.

"——제가 아가씨께 매일 드리는 레슨이 아가씨의 몸에 어떠한 영향을 주고 있는지, 그 단련 정도라고나 할까요. 그쪽의 상태를 알 필요가 있습니다."

"단련…… 정도……."

"제가 지도한 대로 힘이 붙어 있는지. 현재 아가씨의 몸이 얼마만큼의 레슨을 견딜 수 있을지. 그리고 무엇보다 불필요한 근육이 붙지 않았는지를——."

"제가 기사님의 싸움에 관한 것은 전혀 모르지만."

양해를 구하고 에이미는 말한다.

"몸은 강하면 강할수록 좋은…… 거 아닌가요?"

"당치도 않습니다. 필요 없는 근육은 제가 이상으로 여기는 부드러운 움직임을 저해하고, 무엇보다 마나의 흐름을 막히게 합니다. 계획 없는 단련은 매우 좋지 않아요."

쿠퍼는 단호하게 고개를 좌우로 젓는다.

그리고 사뭇 쓰라린 표정과 함께 눈을 내리깔았다.

"……특히 아가씨는 지금이 성장기라서 잘못된 신체 단련법을 행하면 먼 훗날까지 영향이 남습니다. 그때 가서 교정하려고 해도 많은 품과 시간이 들어…… 성도 친위대(크레스트 레기온) 입대를 지망하는 아가씨에게는 심각한 손실이 됩니다. ──제게 있어서도."

아무리 그래도 '생사가 걸려 있다' 라는 말까지는 할 수 없지만.

에이미는 천천히 상체를 빼고 왠지, 어딘가 유감스러운 듯이 손가락을 볼에 댔다.

"아까 말씀에는 많이 놀랐지만…… 하긴, 쿠퍼 씨는 한없이 진지한 분이지요. 그래도 조금은 솔직하게 수줍어하는 모습을 보이거나, 아가씨의 속살에 흥미를 품고 그래도……."

"──맞다! 에이미 씨."

뭔가 중얼거리는 그녀에게 쿠퍼 쪽이 몸을 내민다.

"에이미 씨는 아가씨의 목욕을 도와주고 계시죠? 저 대신에 단련 상태의 체크를 부탁할 수 없을까요?"

"저, 저는 신체 단련에 대해서 하나도 모르는걸요!"

"……지당합니다. 당치 않은 소리를 했습니다."

푹 고개를 숙이는 쿠퍼.

에이미는 총명하지만 구두로 설명해도 쿠퍼의 머릿속에 있는 이상적인 그림을 완벽하게 공유할 수는 없는 노릇이다. 역시, 메리다의 교육을 맡은 당사자인 쿠퍼가 직접! 제자의 단련 상태를 확인할 필요가 있겠다.

……솔직히 말하면, 메리다에게 정기적으로 하는 마나 기관의 촉진이 간이적이긴 하나 육체의 체크도 겸하고 있다. 그렇지만 촉진의 본질은 어디까지나 마나 기관의 검사── 그쪽이야말로 만에 하나 이상이 발견되면 보통 일로 끝나지 않기 때문에 충분히 주의를 기울여야 한다. 결과적으로 단련 상태의 확인 쪽은 단순히 《만지는》 수준이 될 수밖에 없다.

또 검사를 너무 오래하면 메리다에게 부담이 간다.

그렇지 않아도 '필요한 검사라면 어쩔 수 없다.' 라며 수치심을 견디고 있다. 다른 이유로 네글리제를 벗기고, 시트를 치우고, 말끄러미 알몸을 관찰당하면 폭발하고 말 것이다. 무엇보다…… 부자연스럽게 시간을 들이면 그만큼 불안해하리라.

──혹시 뭔가 이상이 발견되기라도 한 걸까?

그런 오해를 사는 것만은 피해야 한다.

역시 현재의 단련 상태를 보고자 한다면 보겠다고, 사실대로 알려야 한다.

'아가씨, 나체를 구석구석 살피고 싶으니 옷을 전부 벗어 주시겠습니까?'

……과연 메리다는 고개를 끄덕여줄까?

"어려운 문제군요──."

주변을 잘 돌보는 에이미는 볼에 손바닥을 대고 골치 아픈 표정으로 말했다.

"아무리 쿠퍼 씨라도, 아니, 쿠퍼 씨이기에 몸매를 있는 그대로 보이는 걸 부끄러워하리라 생각해요. 특히 메리다 아가씨는 콤플렉스도 있고……."

"호오? 그렇게 아름답고 균형 잡힌 몸을 지니셨는데?"

"네, 네에, 뭐……. 가끔 가슴을 누르곤, '동급생 애들과 비교하면 도무지 부풀어 오르질 않아.'라며 입을 비죽이고 그러거든요."

크흠, 에이미는 헛기침하고 화제를 바꾼다.

"——예를 들면, 쿠퍼 씨. 세탁하게 그 군복 좀 벗어 주시겠어요?"

"아, 아뇨. 제 군복은 제가 빨겠습니다……!"

"또 그런다! 매번 그렇게 사양만 하지 마시고요."

"따, 딱히 싫다는 건 아닙니다만……."

그다지 의식한 적 없는 저림이 등줄기를 쑤셔 쿠퍼는 시선을 돌렸다.

"자신이 입고 있었던 것이 다른 사람의 손에 세탁된다는 것이…… 왠지 좀 그래서."

"싫은 게 아니라 부끄럽다——어른스러운 쿠퍼 씨조차 그래요. 그런데 한창나이의 여자아이가, 그 부끄럼을 잘 타는 아가씨가, 당신의 시선과 하는 말, 스치는 피부에 얼마만큼의 감정을 느낄지 알 수 있겠어요?"

"끽소리도 못하겠군요. ——에이잇."

결국 꼼짝 못 하게 된 쿠퍼는 가볍게 손톱을 깨물었다.

"이렇게 된 이상 제 최고 속도로 방에 있는 아가씨의 옷을 벗기고, 온몸을 관찰한 다음 옷을 갈아입혀 아무 일도 없었던 것처럼 그 자리를……. 여기까지 5초, 아니, 3초로……!"

"어머나."

"아니면 방의 난로에 장작을 왕창 지펴 아가씨가 몸소 옷깃을 풀게끔 유도하든가……."

"왠지 그림책 《바람과 불꽃》 같네요—— 가만, 그래요!"

짝, 에이미는 웬일로 호들갑을 떨며 손뼉을 쳤다.

"그림책—— 그리기는 어때요, 쿠퍼 씨!"

"그리기, 요?"

"아가씨와 둘이서 서로를 모델로 그림을 그리는 거예요. 《그림 모델》이라면 찬찬히 몸을 봐도 부자연스럽지 않고, 둘이서 분위기가 무르익으면…… 후훗, 조금 대담한 포즈도 용인해주실지도 모르잖아요?"

"과연……! 그거 묘안입니다!"

광명이 찾아온 듯 쿠퍼는 위세 좋게 일어났다.

"방법을 정했으니 바로 그림 도구를 준비하죠!"

"아, 그런데……."

자신이 제안한 일이지만 불안을 고하는 에이미.

"쿠퍼 씨가 확인하고 싶은 것은 아가씨의 알몸이니까 말이죠. 단순히 그림 모델을 하는 것만으론……. 으음, 어떡해야."

"걱정 마세요, 에이미 씨. 그건 제가 실력을 발휘할 부분이니까요."

지금 이야기하고 있는 것은 '무슨 수로 저 순진무구한 제자를 벗기느냐.' 이건만——.

쿠퍼는 주위를 매료하여 마지않는 그윽한 눈길을 보내면서 집게손가락을 세웠다.

"이를테면 방금 말씀하신 《바람과 불꽃》 그림책은 '어떤 일이든 느긋하고 관용적으로' 하라는 뜻이 아닙니다. 어디까지나 '임기응변으로' 대응하라는 의미지요."

"어머, 그런가요?"

"상황에 따라 매번 적절한 방법을 선택해야 한다……. 때로는 차가운 바람과 같이, 재빠르고 강제적인 방법이 정답인 경우도 있다. 여하튼 갖은 수단을 구사하여 '옷을 벗겨라'라고, 그렇게 말하는 겁니다——."

† † †

그림책의 진의야 어찌 됐든, 그리하여 오후의 인물화 데생 시간이 생긴 것이다.

우선 의자에 앉아 다리를 꼬고 있던 쿠퍼는 천천히 회중시계를 꺼냈다.

"——1분. 자, 시간 다 됐습니다."

"아~앙, 얼마 그리지도 못했어요~."

"《단시간 드로잉》이란 그런 거니까요."

후훗, 미소 지으면서 의자에서 일어난다.

맞은편 소파에서는 메리다가 스케치북을 품은 채 발을 동동 구르고 있다. 레슨의 첫걸음으로서 우선 단시간에 직감적으로 눈에 보이는 그대로를 그리게 한 것이다.

쿠퍼는 소파로 돌아 들어가 "어디, 어디?" 하고 메리다의 손 가를 들여다보았다.

그리고 허를 찔린다.

"……그림을 아주 잘 그리시는군요, 아가씨."

"네? 그런가요?"

흔히 있는, '얼굴부터 그리기 시작하여 목 아래를 그릴 지면이 부족해져 도화지의 태반을 머리가 차지하고 있다' 와 같은 실수 를 저지르지 않았다. 먼저 똑바로 전신의 기준을 잡고 나서 그리 기 시작했다. 물론 1분이라는 제한시간 안에서지만…… 충분한 시간을 주면 상당히 볼만한 그림을 완성할 수 있겠다 싶다.

과연, 숙녀의 교양을 중시하는 성 프리데스위데 여학원의 재 원답다.

메리다는 스케치북을 가슴에 품고 뭉그적뭉그적 쿠퍼를 올려 다보았다.

"서, 선생님이 그린 제 그림도 보여주실 수 있을까요?"

서로를 모델로 데생을 한다, 라는 말에 곧장 자기 방으로 옷을 갈아입으러 간 메리다. 현재 아주 본격적인 나들이용 드레스 를 입고 있다.

"선생님이 나를 모델로 해서 그림을 그린다잖아!"라는 메이드와의 대화가 문틈으로 들린 것은 비밀이다.

아무튼 순간적으로, 쿠퍼는 제자가 그랬듯이 스케치북을 움켜 안았다.

"아가씨의 작품에 비교하면 도저히 보여드릴 만한 게 아닌지라."

"뭐예요~ 치사해요."

"그, 그보다도 아가씨!"

조금 억지로 화제를 바꾼다.

쿠퍼의 《본래의 목적》을 고려하면 이 스케치북은 도저히 보여줄 수 없다…….

가정교사의 관록을 의식하면서 쿠퍼는 쾌활한 미소를 보냈다.

"아가씨의 그림 실력이 이 정도일 줄이야, 미처 알아보지 못했습니다. 그냥 이대로 데생을 계속하면 지루할 테니…… 어떠신지요. 서로 《주제》를 내보지 않겠습니까?"

"주제?"

쿠퍼는 문득 떠오른 것처럼, 고개를 갸웃하는 제자에게 집게손가락을 세웠다.

"한 장 그릴 때마다 모델에게 무언가를 요구하는 겁니다. 예를 들면 여기에 서달라, 저쪽에 앉아달라, 어디 어디를 배경으로 하고 싶다, 와 같은 것부터──."

눈초리가 기다란 눈을 날카롭게 번뜩인다.

"복장이나 포즈까지."

메리다는 생각에 잠겼다.

잠시 있다가 볼이 살짝 붉어진다.

"어, 어떤 것을 부탁해도 상관없나요……?"

"그렇군요. 그럼『이 저택 안에서 가능한 일』로 할까요."

"그러면, 실은 제가 선생님에게 꼭 좀 부탁하고 싶었던 게 있는데——."

좌우 손가락으로 깍지를 끼면서 곧바로 말을 꺼내는 메리다.

애처롭게 눈을 뜨고 올려다보며.

"선생님이 안경을 쓰고 계시는 모습, 보고 싶어요."

그런 이유로 쿠퍼는 자기 방에 왕복하여 안경을 조달하고, 간 김에 책 한 권을 들고 왔다. 그사이 메리다는 공들여 구도를 생각하고 있었던 듯, 발코니로 이어지는 창을 열어 바람을 불러들인 다음 그 앞에 의자를 놓았다.

거기에 앉았으면 좋겠다고 한다. ——안경을 쓰고.

"이런 느낌이면 되겠습니까?"

"네. ……선생님, 방에서 글을 쓰시고 있을 때는 안경을 쓰시죠? 그런데 제가 찾아가면 바로 벗으니까."

"필요한 때 쓰고 있는 것뿐이라서……."

가끔 간지러운 시선이 느껴진다 싶었더니 그런 이유였나. 쿠퍼는 쓴웃음이 나왔다.

여하튼 그것이 《주제》라면. 쿠퍼는 메리다의 요망대로 안경을 썼다.

창을 등지고 의자에 걸터앉아, 무릎 위에 책을 펼친다.

"그럼 이 책을 다 읽을 때까지를 제한시간으로 할까요."

"네, 네!"

메리다도 곧장 스케치북을 들고 연필을 쥔다.

도화지 특유의 거친 마찰음을 들으면서 쿠퍼는 기분 좋게 페이지를 넘긴다.

창을 통해 유유히 바람이 날아들었다——.

레이스 커튼을 흔들고, 식물원 나뭇잎의 선율을 방으로 가져다준다. 꽃의 향긋한 냄새가 났다. 쿠퍼의 앞머리를 흔들어서 안경 렌즈를 어루만지게 했다.

렌즈 너머에서 그의 짙은 자줏빛 눈동자가 보석같이 번쩍였다.

메리다는 잠시 눈동자가 일렁이더니 연필을 움직이는 것을 잊는다.

타악, 책이 덮였다.

"자, 다 읽었습니다."

"윽, 너무 빨라요!!"

"속독이라는 겁니다. 어디 보자, 데생 쪽은——."

쌀쌀맞게 의자에서 일어나 메리다 옆으로 돌아 들어가는 쿠퍼.

그리고 예상대로 숨이 막혔다.

"이번에도 아주 잘 그리셨네요……."

"으~음, 앞머리의 질감을 조금 더 진짜에 가깝게 해서——."

슥삭, 슥삭. 익숙한 손놀림으로 보충해 그리는 메리다.

쿠퍼는 크흠 하고 헛기침을 했다.

"그럼 다음은 제가 아가씨에게 드리는 주제, 로 해도 괜찮겠습니까?"

"아, 네. 제가 어떡하면 될까요?"

"글쎄요……."

지금 생각하고 있습니다, 라는 듯이 큰 방을 둘러보는 쿠퍼.

사전에 눈여겨보고 있었던 스툴이 있는 지점에서 시선이 멈추고, "옳지." 하고 손뼉을 친다.

"아가씨는 키가 무척 작으셔서——."

"으으~."

"높은 곳의 물건을 잡으려고 까치발을 들고 계시는 모습이 아주 귀여우시다고 생각했습니다. 그런 포즈를 보여주실 수 있을까요?"

쿠퍼가 얼굴을 돌리고 있었던 곳으로 메리다는 고분고분 향했다.

30센티짜리 스툴에 양발을 올리고, 벽 쪽 선반 위로 힘껏 팔을 뻗는다.

아슬아슬하게 닿을락 말락 하는 상태.

가냘픈 손가락이 부르르 떨린다.

"서, 선생님……. 이 자세, 조금 괴로워요……."

"1분—— 60초면 충분하니 그대로 버텨보세요."

"네~에……."

"그럼——."

여기에 이르러서야 본격적으로 스케치북을 펼치고 연필을 쥐는 쿠퍼다.

스툴 바로 옆으로 가 무릎을 꿇는다.

눈앞의, 치맛자락 아래로 뻗은 발을 꼼꼼히 관찰——하면서 날카롭게, 또 매우 거칠게 스케치북 위로 연필을 술술 움직인다. 시선은 모델에게 고정. 바깥 허벅지부터 안쪽까지 핥듯이 보면서——손 쪽은 보지도 않고 희대의 미술가같이 팔을 놀렸다.

"훌륭합니다……. 저와의 단련 성과가 유감없이 나타나서……. 아니, 기대 이상……! 마나 회로(베이퍼라이저)의 유동률도 더할 나위 없고……."

가뜩이나 신장 차이가 있는 메리다와 쿠퍼다. 만약 평소 제자의 다리를 가까이에서 보려고 하면 신사답지 않은 자세가 될 수밖에 없을 것이다. 그런데 지금은 스툴이 무려 30센티 가까이 끌어올려 주고 있다. 쿠퍼는 메리다의 허벅지부터 오금, 장딴지부터 복사뼈에 이르기까지를 실컷 감상할 수 있었다.

그러나 당연히도 메리다가 깨닫는다.

"서서, 선생님?! 그, 그렇게 가까이에서, 밑에서 올려다보시면……!"

"아가씨, 아직 30초도 안 지났습니다. 포즈를 유지하십시오."

"그, 그래도, 그래도, 치마가—— 앗?!"

열어 놓은 창으로부터 바람이 날아들었다——.

그것이 약간 짧은 치마를 사뿐히 들쳐서……. 으음, 확실히. 고작 미풍 한 번에, 안 그래도 서로의 위치상 그냥 올려다봐도 슬쩍슬쩍 보이던 메리다의 팬티가 몇 초, 엉덩이 사이로 착 달라붙은 모습까지 고스란히 쿠퍼의 시야에 드러났다.

하나 마나 한 저항이었지만 메리다는 한 손으로 치마를 누르면서 울상을 지었다.

그렇지만 아래쪽에 있는 쿠퍼의 관심은 메리다의《다리》에 붙은 살집이었다.

니 삭스가 파고든 허벅지가 애처로울 만큼 탱탱하게 그 육감을 주장하고 있다. 메리다는 곧잘 여성스러운 살집이 부족하다며 걱정하는 모양인데 쿠퍼가 볼 때는━━.

"가는데도 말랑하군……. 으음, 소녀의 신비로다."

볼가진 허벅지를 연필 뒤쪽으로 콕콕 눌러본다.

전기가 흐른 것처럼 메리다의 가냘픈 전신이 튀어 올랐다.

"흐야아아아아악?!"

"앗……. 실례했습니다, 아가씨. 딱 좋아 보여서, 무심코……."

"지, 진짜! 이 이상은 안 돼요!"

메리다는 스툴에서 폴짝 뛰어내렸다.

있는 대로 능욕당한 치마 안쪽을 가리는 것처럼 애처롭게 옷자락을 잡아당긴다.

"……왜 선생님이 그림 레슨 이야기를 꺼냈는지 알겠어요. 저를 모델로 이렇게 엉큼한 포즈를 취하게 해서……!"

"이, 이런, 무슨 이야기를 하시는 겁니까."

완전히 오해라는 듯이 발코니의 창을 닫으러 가는 쿠퍼.

설마 '단련 상태를 확인한다' 라는 레슨의 진의가 간파된 걸까?

여하튼 난처한 대화는 일찌감치 궤도 수정을 꾀하는 것이 제일이다…….

"──피곤하시죠, 아가씨. 음료수는 어떠십니까?"

창을 닫은 쿠퍼는 미리 준비해둔 주전자를 들어 올렸다.

컵에 갈색 차를 가득 따르고 메리다에게 내민다.

예상대로 고분고분 받아든 제자는 입을 대고 홀짝 맛보았다.

"음……. 혀가 조금 얼얼해요."

"드라이 진저를 사용한 차입니다. 몸이 따뜻해져 피로가 풀릴 겁니다."

덧붙여 마시기 쉽게 잠시 식히고 주었다.

메리다는 조금 전 있었던 부끄러운 일을 얼버무리는 양 컵을 쑥 기울였다.

다 마시고 한숨을 후우 쉰다.

"정말이다……. 몸이 따끈해지기 시작했어요."

핑크색 입술이 촉촉해지고, 그렇게 생각해서 그런지 눈매도 달아올라 있다.

진저 티의 효과가 벌써 나타난 증거다──.

매운맛은 인간의 뇌를 자극해서 흥분 상태를 가져오고 동시에 몸을 뜨겁게 만든다. 그렇게 해서 데생으로 인한 부끄러움을 달래려는 것이 쿠퍼의 속셈이다. 아아, 이 얼마나 못된 종자인가……! 그러나 지금은 마음을 독하게 먹어야 할 것이다.

만약 쿠퍼의 가르침이 잘못되었다면 목숨이 위험해질지도 모르기 때문이다.

　자신만이 아니라 메리다의 목숨마저──.

　설령 그 누가 어떤 말로 비방하더라도 그것만은 결단코 저지해야 한다.

　이 고귀한 빛을 잃는 것에 비하면⋯⋯. 쿠퍼는 무의식적으로 팔을 뻗어 메리다의 머리카락을 어루만졌다. 손가락을 사르르 미끄러뜨리고 그대로 볼을 간지럽힌다.

　메리다는 기분 좋은 듯이 눈을 가늘게 뜨고 가만히 있었다. 학원에서라면 몰라도 지금은 남의 눈을 꺼릴 필요도 없다. 지금 이 접촉의 의미를 그녀는 딱히 묻지도 않는다.

　차의 효과인지, 약간 촉촉해진 뺨은 빨개져 있었다.

　"저, 저기, 선생님. 다음 대생 주제 말인데요⋯⋯."

　"아, 네. 어떻게 할까요?"

　쿠퍼는 퍼뜩 정신을 차리고 팔을 내린다.

　메리다는 테이블에 컵을 놓고 그 가장자리를 손가락으로 더듬었다.

　"서, 선생님이 할 주제가 아니라⋯⋯ 제가 할 걸로 해도 될까요?"

　"마, 말씀인즉슨?"

　"선생님의 군복을 입고 싶어요오⋯⋯."

　연인에게 보내는 듯한 눈길로 쳐다보는 메리다.

　쿠퍼는 숨이 턱 막힐 듯싶었지만 팔은 저절로 움직이고 있었다. 놀랍게도 손가락이 멋대로 단추를 풀고 군복 외투를 벗긴 것이다.

그렇게 되니 쿠퍼는 그것을 내밀 수밖에 없었다.

"······이걸로 괜찮으시다면."

"와아!"

"하지만 아가씨가 지망하는 성도 친위대의 순백색 옷과는 정반대가 되어버리는군요."

쿠퍼는 멋쩍음을 얼버무리는 양 쓴웃음을 짓는다.

하지만 메리다는 전혀 신경 쓰지 않았다. 수습 시기에 흔히 있는 기병단을 향한 동경심 때문일까······. 아무튼 희희낙락하게 쿠퍼의 군복을 펼친 다음 드레스 위로 걸친다.

옆에서 봐도 착용감이 좋아 보이지 않는, 거칠고 뻣뻣한 옷 스치는 소리가 났다.

메리다도 갑자기 어딘가 실망한 표정이 된다.

"아가씨, 왜 그러십니까?"

"뭔가 뻣뻣해서······ 생각했던 것과 조금 다르네요······."

그도 당연하다. 메리다는 나들이 때나 입는 화려한 드레스를 입고 있으니까.

아무리 군복 사이즈가 크다고 해도······ 앞 단추를 채우니 뻣뻣하게 부푼 모습이 참으로 볼품없다. 외견도 메리다가 생각하는 이상적인 모양과 동떨어졌음이 분명했다.

그 우스꽝스러움에 쿠퍼는 쓴웃음이 나왔다.

"껴입기에는 적합하지 않군요?"

"으음…………. 아, 맞다!"

메리다는 무슨 생각을 했는지 양팔을 안쪽으로 뺐다.

소매를 헐렁거리는 이상한 모습으로 쿠퍼를 다그친다.

"선생님. 자, 잠깐이라도 좋으니까 뒤돌아보실 수 없을까요……?"

"——이렇게요?"

쿠퍼는 메리다의 말대로 등을 돌리고 어깨너머로 시선만 던졌다.

그러자, 작은 메리다를 감싼 군복…… 안쪽에서 낑낑거리는 게 느껴졌다.

살랑살랑, 촉감이 몹시 좋을 것 같은 옷감이 스치는 소리가 난다.

"영차, 영차……."

음량을 낮춘 메리다의 구호에 이어서…… 군복 자락에서 미끄러져 떨어진 것이 있었다.

바로 소녀의 드레스다.

몇 초 전까지 메리다를 감싸고 있었을 드레스……. 은은히 그녀의 냄새를 풍긴다.

요컨대 저 군복 속, 지금의 메리다는——.

"이, 이제 이쪽을 보셔도 괜찮아요……."

떨리는 메리다의 음성을 듣고, 쿠퍼는 온몸을 돌려 그녀를 마주한다.

직시하기 전부터 예상은 했지만—— 현재 메리다의 군복 차림은 실로 이상적인 밸런스를 이루고 있었다. 더는 볼품없게 부풀어 있지 않았다. 낙낙하게 여유가 있는 소매와 몸통 부분은 오히려 그녀의 가냘픈 소녀다운 라인을 부각하고 있다. 사이즈가 큰 덕분에, 군복 끝자락이 치마를 대신하고 있다. 요염하게 뻗은 것은, 양말마저 벗은 맨다리다.

벗어던진 그녀의 의복이 발밑에 엉켜 있었다.

이쯤 되니 쿠퍼도 이마를 누르지 않을 수 없었다.

"아가씨, 정말…… 경박하게 이 무슨."

"에, 에헤헤……. 이러지 않으면 무드가 안 사는걸요."

메리다는 홍당무가 되어 부끄러워하면서도 후회하는 눈치는 아니었다.

요컨대 메리다는 지금 자신의 드레스를 벗고 맨살에 직접 쿠퍼의 군복을 입고 있다. 진저 티의 열기가 뜻밖의 형태로 소녀를 부추긴 것일까. 여하튼 메리다는 지금 이 순간이 전부라는 듯이 자신을 보듬는다.

정확히는 자신과 함께 쿠퍼의 군복을 꽉 껴안고, 소매에 입술을 묻는다.

"이러고 있으니…… 선생님에게 안겨 있는 것 같아요……."

꿈꾸는 듯한 표정으로 그렇게 중얼거린다.

가정교사가 아니면 맛볼 수 없는 행복이라고 해야 할까. 쿠퍼는 "크윽." 하고 가슴팍에서 주먹을 쥐었다. 감동을 음미한 다음 콧소리마저 내면서 허리를 꼿꼿이 편다.

그리고 쾌활하게 말한다.

"아가씨. 그럼 저도 제가 수행할 주제를 내도 되겠습니까?"

"네? 네."

"저도 군복을 입고 싶습니다. 되돌려 주시겠습니까?"

"네……. 잠깐, 네에에에엣?!"

꿈에서 튀어나온 것처럼 메리다는 얼빠진 소리를 질렀다.

쿠퍼는 변함없이 쾌활한 모습이다.

"왜 그러십니까?"

"아니, 그럼, 그, 기다려주세요. 또 제 드레스를……. 잠깐만, 어라?!"

또다시 목소리가 뒤집히는 메리다.

"제 드레스가 없네요?!"

얼마나 불가사의할까. 불과 몇 초 전까지 그녀의 발치에 있었던 의복이 홀연히 사라졌으니 말이다.

물론 쿠퍼의 짓이다. ──아니, 그러너 오해를 살 표현은 삼가해 주었으면 한다. 자신은 그저 하인 된 몸으로서, 아가씨가 어지른 드레스를 치웠을 뿐이니까.

아무렴 이 찬스를 놓칠 수는 없다……. 쿠퍼는 손 하나 까딱이지 않았건만, 메리다가 스스로 드레스를 벗어 주었다. 그녀가 수치와 흥분으로 달아올라 있는 지금 다소 억지로라도 계획을 강행해야만 할 것이다.

어디까지나! 그것이 가정교사의 책무이므로──.

지금 쿠퍼의 미소를 저택의 메이드들이 목격했다면 이렇게 생각할 것이다.

──악마라고. 악마 가정교사라고.

아무튼 지금 2층 큰 방에는 메리다와 쿠퍼 두 사람밖에 없다. 쿠퍼는 누구의 제지도 받지 않고 위태로운 모습의 제자에게 다가가는 것이 허락되었다.

"왜 그러십니까, 아가씨. 슬슬 돌려주시지요."

"그, 그, 그, 그게 아니라……. 기, 기다려주세요, 지금, 방에서 갈아입을 다른 옷을……."

"큰일입니다, 아가씨! 이러다 드로잉 제한시간이 지나가겠어요!"

"네에에에에에에에에?!"

여기서 회중시계를 꺼내 절박한 모습으로 외치는 쿠퍼의 연기력도 참.

그렇지 않아도 여유 없는 메리다는 머리가 빙글빙글 혼란해지고, 사고가 부글부글 끓어올랐다.

──지, 지, 지……. 지금 벗지 않으면, 고, 곤란한가 보네??

연모하는 쿠퍼의 요구라는 점이 가장 크게 작용했으리라.

스스로 대담한 행동에 나서고, 결코 싫지 않은 분위기가 형성된 까닭도 있다.

쿠퍼가 좀 봐도 괜찮지 않나──라고 생각해 버리자 갈등은 끝났다.

놀랍게도 메리다의 손가락이 저절로 움직여 군복 단추를 풀기 시작했다. 애태우는 것처럼── 겉옷을 벗고, 사랑하는 사람의 눈앞에 반라를 드러낸 것이다.

브래지어와 팬티는 남겨졌지만, 그게 어디 위안이 되겠는가.

아무리 그래도 이건 너무 대담하다. 메리다는 어깨를 움츠리고 부르르 떨고 있었다.

새빨간 얼굴로. 눈물을 글썽이면서. 그래도 한 손으로 군복을 내민다.

"자, 자, 자……잘 입었습니다……?"

"──흐음."

쿠퍼는 조용히 군복을 받으면서 반대쪽 손으로 베일을 내밀었다.

최소한의 부위를 가리는 수준으로 얇고 짧다.

"그럼 몸이 차가워지지 않도록 이쪽으로 오셔서."

"네, 네에……."

"이쪽 소파에 걸터앉아 주십시오."

"어? 네."

"잠시 그대로──."

"네, 네에에엣?!"

지체 없이 스케치북과 연필을 꺼내 갑자기 고속으로 묘사를 시작하는 쿠퍼였다.

곧 제정신을 차리리라……!! 지금이 최대이자 최후의 찬스. 메리다가 이 상황의 이상함을 깨닫고 "꺄아악." 비명을 지를 때까지가 쿠퍼에게 주어진 시간이다. 조금 전에는 확인할 수 없었던 상반신을 중심으로── 봐야 할 곳은 많다. 쿠퍼는 소파를 돌고, 때로는 한쪽 무릎을 꿇으면서 메리다의 풋풋한 맨살을 꼼꼼하게 감상했다.

메리다는 의지가 되지 않는 베일로 가슴을 가리고 떨고 있다.

사랑하는 사람의 시선이 직접 자신의 피부를! 간질이고 있으니 당연하다.

말할 필요도 없이, 반라의 소녀는 서서히 깨닫고 있었다.

"이이, 이런 건 역시 이상해요……. 이건, 말하자면…… 누, 누드 데생——."

"그 이상 생각해선 안 됩니다, 아가씨. 마음에 수면을 떠올리십시오."

"선생님! 솔직히 처음부터 이럴 셈이었죠?!"

후우. 쿠퍼는 일단 손을 멈추고 상체를 일으킨다.

"들통나 버렸군요……."

"네에에엣?! 여, 역시!"

"부디 꾸짖어 주십시오, 아가씨. 저에게는 무슨 일이 있어도 ——설령 아가씨를 속여서라도 이렇게 해야 하는 이유가 있었습니다."

"무, 무슨 일이 있어도……?"

쿠퍼가 그렇게 털어놓자 메리다의 목소리가 진정되었다.

애초에 화가 난 것은 아니다.

싫은 게 아니라 부끄러울 뿐이니까.

옷을 제 손으로 직접 벗었다. 메리다는 어떻게든 이 이상한 상황을 정당화하기 위해 희미한 기대를 담아 입술을 오므렸다.

"무, 무슨 일이 있어도 제, 아, 알몸이 보고 싶었다, 는 말씀인

가요……?"

"그렇습니다. 무슨 일이 있어도——."

"네헤에에에에에에에에엥?!"

이렇게까지 가정교사가 솔직하게 본심을 밝힌 적이 있었던가!

이제 쿠퍼는 거리끼지도 않고 메리다의 살을 열정적으로 쳐다보았다. 그뿐만 아니라 건드리기까지 한다. 훤히 드러난 어깨를—— 그리고 겨드랑이 아래부터 손목에 이르기까지의 팔 라인을 남김없이 탐닉하고, 마지막으로 가냘픈 다섯 손가락에 자신의 손가락을 꼬옥 하고 깍지 낀다.

연인처럼——.

"아름답습니다…………."

"하으으으으윽?!"

황홀한 속삭임에 순간적으로 끓어오르는 메리다.

쿠퍼는 메리다의 두 팔에 벌써 몇 번째 손바닥을 왕복하고 있었다.

"이상적인 밸런스입니다—— 정말 제 기우에 불과했군요. 아가씨는 제가 원했던 것과 똑같은 몸을 가지셨습니다. 아니, 이상을 넘어섰습니다……! 이 다이아몬드 같은 광채, 아아, 할 수 있다면 이대로 눈동자에 가둬 버리고 싶습니다——."

메리다의 귀에는 사랑의 프러포즈로밖에 들리지 않았다.

천천히, 가슴을 가리고 있었던 팔이 내려간다.

바닷속에 있는 것처럼 시야는 부예지고, 이제 그의 목소리는 자장가로밖에 들리지 않는다——.

"아, 아가씨? 역시 좀 부끄럽네요……."

쿠퍼가 나이에 맞게 얼굴을 돌리지만, 메리다는 몸을 가릴 마음이 없는 듯하다.

"이, 있는 그대로를 보여주실 수 있겠습니까?"

꾸벅 숙인 그녀의 머리가 수긍을 나타낸다.

메리다는 그대로 소파에 드러누웠다. 손바닥을 맞잡고 있었던 쿠퍼는 빨려지듯이 그녀를 덮어 버린다.

"아가씨, 이, 이토록 대담하게……!"

메리다는 양팔을 쭉 뻗고 가슴을 가리려고조차 하지 않았다.

그뿐만 아니라 몇 번이나 옷을 갈아입은 데 이어 쿠퍼가 어루만지고, 여기에 쓰러졌을 때의 충격으로 브래지어가 밀려 올라가 있다. 금세 새하얀 두 언덕이 탱글, 하고…… 아담하고도 요염하게 흔들리며 쿠퍼의 눈앞으로 흘러나왔고——.

바로 이때 쿠퍼의 시야가 갑자기 어둠 속에 가둬졌다.

부드러운 소녀의 손바닥이 뒤에서 쿠퍼의 두 눈가를 덮고 있었다.

"부, 불꽃 아저씨. 옷을 벗기는 게 참으로 능숙해 보이시네요……."

"어라, 그 목소리는 에이미 씨."

"그…… 너무 뜨거운 건 좋지 않아요."

무슨 말씀이신지? 하고 쿠퍼는 고개를 갸웃한다.

가느다란 손가락 틈 사이로 겨우 메리다의 모습이 보였다. 여전히 무방비하며 경박하게 내팽개친 한쪽 다리를 오므리려고도 하지 않는다. 그리고 소녀의 존엄을 전부, 사랑하는 사람에게 드러내면서 사지를 벌리고 있는 소녀는——.

"흐냐아."

……감정의 비등점을 진즉에 지나서 눈이 핑핑 돌고 있었다.

† † †

"에이미가 사주했었구나!"

"어머, 어머, 아가씨. 사주라니 어찌 그런 망측한 단어를……."

"쿠퍼 선생님이 웬일로 빙 돌려서 말한다 싶었지!"

그런 연유로, 정신을 차린 메리다 앞에 나란히 정좌를 하고 있는 가정교사와 메이드장이다.

——물론 메리다는 쿠퍼가 돌려준 드레스로 다시 갈아입은 상태.

에이미는 호오, 하고 작은 입김을 불며 본인이 달아오른 듯이 볼에 손바닥을 댄다.

"……안타까워서 그랬어요. 쿠퍼 씨가 글쎄 조금도 의식하지 않고 아가씨의 알몸을 보고 싶다잖아요. 그래서 서로를 모델로 그림을 그리면서 차분히 마주 보면…… 조금은 아가씨를 여자로 의식해 주실지도 모른다 생각해서."

"흐그으……!"

"그런데—— 아, 아하하하……. 자극이 좀 너무 강했나요?"

"이거 참, 계획 자체는 정말 순조로웠습니다만."

쿠퍼는 딱히 켕기는 게 없는 눈치다.

허리에 손을 올리고 당당히 선 메리다는 한층 더 눈초리를 치켜세우며 공격의 방향을 바꿨다.

"선생님도 그래요. 이유가 있으면 그렇게 말해주셔야죠!"

쿠퍼는 허를 찔려 무심코 먼저 에이미와 얼굴을 마주 보았다.

그리고 신중히 메리다를 살핀다.

"⋯⋯말씀드렸다면, 보여주셨습니까?"

메리다는 자신의 몸을 핵 부둥켜안았다.

볼을 어렴풋이 붉히면서도 아주 싫지는 않은 눈치다.

"⋯⋯레슨에 필요한 일이라고 했으면, 얌전히 말 들었을 거예요."

"어머나."

"쿠퍼 선생님에게 보여주는 거니까⋯⋯⋯⋯."

소녀다운 핑크색 입술이 소곤소곤 자아낸다.

가정교사와 메이드장은 재차 눈을 맞추고 미소를 지었다.

"제가 잊고 있었네요──. 아가씨도 쿠퍼 씨만큼이나 진지하고 매사에 열심인 분이었는데."

"그럼 앞으로는 거리낌 없이 단련 상태를 확인할 수 있겠군요."

"지, 진짜, 진짜, 쿠퍼 선생님도 참!"

버둥거리며 부끄러워하는 아가씨를 보며 미소를 짓고 에이미는 일어났다.

그리고 일련의 소동으로 완전히 소파에 방치되어 있었던 물건을 발견한다.

——스케치북이다.

"그러고 보니 쿠퍼 씨, 어떤 그림을 그리셨는지 보여주실 수 있나요?"

"아앗, 에이미 씨! 그건——."

"아, 아, 아, 안 돼, 에이미!!"

쿠퍼가 말리는 것보다도 빨리 메리다가 에이미의 등에 달려들었다.

그러나 언니 같은 메이드장은 그런 아가씨를 가볍게 받아넘기면서 살며시 스케치북을 펼쳤다.

"우후후, 저도 알고 싶거든요. 쿠퍼 씨의 눈으로 본 메리다 아가씨가 어떤 모습인지——."

"와~ 와~ 와~! 안 돼, 나, 정말로 민망한 모습이었……!"

"——아니, 어라?"

"으, 으응?"

서로 장난치면서 스케치북을 들여다본 소녀들의 눈이 동시에 휘둥그레졌다.

쿠퍼는 어중간하게 뻗다 만 손을 이마에. 막을 틈이 없었다…….

"다리의 살집, 팔의 살집, 둘 다 최상……. 식사 플랜 변경은 필요 없음."

에이미는 도화지 일부를 손가락으로 덧그리면서 띄엄띄엄 소리 내어 읽는다.

메리다 역시 페이지를 몇 번인가 오가면서 김빠진 표정을 하고 있다.

"쓰여 있는 것은 전부…… 뼈라든가 근육에 관한 문장뿐. 선생님, 이건 제 몸에 관한 거예요? ……그림이 하나도 없어요."

신품 스케치북이다. 연필이 흔적을 남긴 것은 첫 두 페이지뿐, 나머지는 백지 그대로였다. 그 두 페이지에조차 쿠퍼의 필적으로 메리다의 전신의 살집이 소상히, 철저하게 문장화되어 적혀 있을 뿐이다.

그가 본 부드러운 살결은 머릿속에만 새겨져 있다는 말인가.

대체 어떻게 된 일일까? 소녀들의 어리둥절한 얼굴이 그를 향한다.

"……실은 말이죠."

아주 있는 대로, 순진무구한 아가씨를 욕보인 벌이리라.

쿠퍼는 단념하고 무거운 입을 열었다.

"저는 태어난 이래 지금까지 그림다운 그림을 그린 경험이 없습니다."

"네에?!"

"그, 그러셨어요?! 전 영락없이……."

뭐든 잘하는 쿠퍼니까, 그림도 틀림없이 일류일 거라 믿었을 것이다.

그런 메이드장에게 쿠퍼는 계속 변명하듯 말했다.

"아닙니다……. 지식으로서 어떤 그림이 세간에서 좋은 평가를 받는지는 배웠습니다만, 직접 그리려고 하니, 도저히……

연필이 움직이지 않아서."

"어렸을 때, 어머니의 얼굴 그림을 그리거나 한 적은———
앗."

말하다 말고 메리다는 자신의 입가를 막는다.

쿠퍼는 메리다가 괜히 신경 쓰지 않도록 쓴웃음을 보냈다.

어린 시절의 그는 하루를 살아가는 것만으로도 벅차서 장난감
종류를 손에 쥔 기억이 없다. 프란돌에 살기 시작하고 나서는
차별의 눈길이 숨 막혀서, 누군가의 눈에 띄는 《그림》 따윈 당
치도 않다고 생각했었다. 그런 생각을 고집하는 동안 어머니는
타계하고 말았다. 그 후 손에 쥐는 것은 나이프나 칼과 같은 흉
기뿐이고—— 그러다 보니 어느샌가 도화지와 파스텔을 가지
고 놀 만한 나이와 입장은 아니게 되었다는 거다.

에이미는 그의 복잡한 사정을 헤아리고 조용히 스케치북을 덮
을 수밖에 없었다.

쿠퍼가 침묵을 오래 끌 수 없다며 입을 막 열려고 한 순간.

메리다가 납작한 가슴을 힘차게 편다.

"안 돼요, 선생님. 그림 한 장 못 그려선—— 엔젤 공작 가문
의 사용인으로서, 제 가정교사로서 곤란하다구요."

"아, 아가씨?"

"거기 앉아보세요."

마치 조금 전의 가정교사처럼 소파를 가리키는 메리다.

쿠퍼는 맥없이 소파 한가운데에 걸터앉을 수밖에 없었다.

그랬더니 이게 웬일이람. 메리다가 그 무릎 위에 폴짝 올라탄

것이다. 아니, 정확히는 쿠퍼가 벌린 다리 사이에 자신의 엉덩이를 걸치고—— 다짜고짜 등을 밀착시켜 앉은 다음, 어쩔 줄 모르는 쿠퍼의 손을 자신의 앞으로 끌어당긴다.

"자, 데생할 때 연필은 이렇게 쥐는 거예요. 처음엔 부드럽게, 과자를 집듯이…… 서서히 세게, 힘을 넣고. 이걸 반복하여 디테일을——."

"아, 아가씨. 대관절 무슨……?"

"오늘 레슨은 《그림 그리기》라면서요?"

어깨너머로, 그리고 입김이 닿을 만큼 가까이에서 올려다보는 메리다.

씨익. 천진난만한 동시에 매혹적으로 웃었다.

"그러니까 제가 선생님의 《미술 선생님》이 되어줄게요."

"그렇게 황공한——."

"자자, 어서요. 쿠퍼 님? 손이 멈춰 있네요?"

"……제가 졌군요."

반대쪽 손도 메리다가 조종해서 스케치북을 드는 자세가 된다.

메리다의 가냘프고 티 없는 손에 이끌려 쿠퍼의 손도 자연스럽게 움직였다.

뾰족한 연필심이 새 도화지에 닿는다.

유성처럼, 매끄러운 선이 그어진다.

자신에게는 도저히 무리라고 생각했었는데…………

뭐야, 의외로 간단하군. 그것이, 쿠퍼의 새로운 감상이었다.

"……우후후."

그런 한 장면을 지켜보고 있었던 에이미는 살포시 웃으며 일어났다.

그대로 두 사람을 남기고 큰 방에서 물러나려고 한다.

도중에, 바닥에 놓고 깜빡했던 것을 발견했다.

"어라? 쿠퍼 씨, 기사 옷이 이런 곳에……."

"앗, 아아, 그건, 아가씨의 희망으로―― 데생에 쓰여서――."

"아가씨에게? 어머나, 아가씨도 참, 어떻게 해서 빌리신 거예요?"

"응? 그냥 부탁했을 뿐이야. '입고 싶으니 빌려주세요.' 라고."

소파에서 아무렇지도 않은 듯이 시선을 보내는 메리다.

에이미로서는 쿠퍼의 군복을 주우면서 쓴웃음을 짓지 않을 수 없다.

"……때로는 잽싸고, 강제적인 방법이 좋을 때도 있다. 정말로 쿠퍼 씨가 말씀하셨던 대로인 것 같네요?"

"저기―― 에이미 씨――. 그 근처에 적당히 걸어 놓아 주시면――."

"아뇨? 이대로 세탁할게요."

"너무합니다!"

메리다가 올라타고 있는 지금의 쿠퍼는 팔조차 마음대로 뻗을 수 없다.

그것을 잘 알고 있는 것이리라. 에이미는 여유만만하게 뒤로 돌아, 상체를 구부리고 방긋 웃으며 잘라 말했다.

"누나가 내리는 명령이에요. 그날 입은 옷은 앞으로, 하루도 빠뜨리지 말고 내놓으세요."

"지, 지, 직접 빨 수 있습니다……."

"내 정신 좀 봐! 가사 도중이었지. 일해야겠다, 일~."

아주 티 나게 소리치면서 큰 방을 후다닥 뛰어나가는 에이미였다.

와이셔츠 차림으로 남겨진 쿠퍼는 고개를 푹 숙일 수밖에 없었다.

"……왠지 알몸이 되어 버린 기분입니다."

정신적으로 그렇다는 말이다. 그러자 메리다는 또 어깨너머로 장난스럽게 올려다보며.

"아까 제가 얼마나 부끄러웠는지, 조금은 아셨어요?"

그 말에 쿠퍼는 정신을 추스르고 정색한 것처럼 얼굴을 들었다.

메리다의 사각에서 왼손을 뻗어 치마에서 쭉 뻗는 허벅지를 손가락으로 찌른다.

메리다의 등이 움찔, 하고 떨림을 전했다.

"햐아악?!"

"안 되죠, 이 정도로 놀라고 그러시면──. 알고 계십니까, 아가씨? 대상을 정확히 그리려면 눈만이 아니라 냄새와 촉감을 확인해 보다 리얼리티를──."

"진짜, 선생님도 참! 지금은 그런 건 미뤄둬요. 연필을 잡는 손은 이렇게. 반대쪽 손은 도화지를 더럽히지 않게 이렇게 누르고……."

"아이고, 갈 길이 먼 것 같군요."

이제는 체념하고 메리다의 등 너머로 도화지와 마주 볼 수밖에 없는 쿠퍼다.

네 살이나 어린 제자에게 손을 붙들려 그림 그리는 법을 배우고 있는 모습을 로제티나 엘리제가 보면 어떻게 생각할까?

하지만 이 가슴에 밀착하는 체온을 떼야겠다는 생각은 들지 않았다.

정말이지 이 가정교사라는 직업은——.

나쁘지는 않다. 나쁘지는 않다고, 금발로부터 은은하게 감도는 달콤한 향기에 휩싸인 채 쿠퍼는 그렇게 생각했다.

CLASSROOM: II ～한낮의 수심(水心)수업～

지금 이 광경을 메리다 아가씨가 보면 뭐라고 변명해야 좋을까——.

쿠퍼 방피르는 될 수 있으면 태도로는 드러내지 않으면서도 깊이, 깊이 고민하는 중이었다.

아니, 아가씨가 아니라 누가 알아도 큰 문제임이 틀림없다. 폐쇄적인 공간—— 사방과 천장이 온통 암벽으로 둘러싸여 있고 희미하게 들어오는 파란 빛만이 시야를 비추는, 그리고 무릎 위까지 투명한 물로 가득 차 있는, 수몰된 동굴 속.

그런 바위의 세계에 단둘이 있다.

"선생님?"

엘리제 엔젤이 바로 앞에서 천진난만하게 이쪽의 얼굴을 올려다보았다.

브래지어와 팬티만 입은 속옷 차림으로.

줄무늬를 즐겨 입나 보다……. 그게 아니고, 가리는 시늉조차 하지 않는다. 수영복이라도 입고 있는 양 내보이는 데 거리낌 없는 태도로 팔을 뻗는다.

그녀는 물에 젖은 손바닥으로 손목을 잡아당겼다.

둘만 있기, 때문이리라——.

"왜 그래? 선생님."

"아, 아닙니다……."

"빨리 와."

메리다와 동갑, 자기보다 네 살이나 연하라곤 해도 속옷 차림의 미소녀가 이렇게 고개를 갸웃거리면 쿠퍼로서도 도저히 버틸 수 없다. 목소리가 이상해지지 않은 게 기적이다……. 천진난만한 손에 이끌려 나아가기 시작한다.

수몰된 동굴 한복판에서 서로를 바라본다.

조용하다——.

세상의 종말에 단둘이 남겨진 것처럼 현실감이 없다.

투명한 엘리제의 목소리가 물과 벽에 메아리친다.

"레슨, 잘 부탁, 드립니다."

꾸벅. 메리다처럼 공손하게 인사를 한다.

단지, 속옷 차림이다.

소리를 지른다 해도 바깥 세계는 아득히 멀다——.

여기서 대체 무엇을 가르치라는 거지?

"선생님?"

엘리제가 불안해하며 얼굴을 든다.

상대의 말수가 극단적으로 적기 때문이리라. 당연한 의문이다.

평소 같았으면 머리에 떠오른 것을 닥치는 대로 떠들고 있을 시간이다. 그 한 마디, 한 마디에 제자(엘리제)가 강아지처럼 맞장구를 치는 것이 평소 광경이다. 지금처럼 속옷 차림 좀 보이는 게 무슨 문제란 말인가? 가끔 같이 목욕하는 일조차 있는 친애하는 스승이자, 여자끼리인데.

엘리제가 다시 한번 의아한 듯이 눈썹을 찌푸렸다.

"왜 그래?"

"아, 아무것도……."

"이상하네, 로체 선생님."

결국 쿠퍼는 머리를 싸쥐었다. 현실을 직시하지 못하고 발밑을 내려다본다.

당연하다면 당연하지만, 물속인 관계로 자신도 옷을 벗고 있다. 무척이나 여성스러운 곡선을 띤 체형에 말랐지만 탄탄한 실루엣. 아무리 그래도 《여동생》에게 욕정을 품지는 않지만……

어른거리는 호수면에 쿠퍼가 아주 잘 아는 빨간 머리의 소녀가, 풀죽은 얼굴로 자신을 쳐다보고 있었다.

그것이 현재 자신의 모습이다──.

더는 외면할 수 없었다.

급기야 엘리제는 불안해 보이는 표정이 되었다.

"로체 선생님, 컨디션 안 좋아?"

"자……. 잠깐 기다려주세요, 아가씨."

로제티의 목소리로, 로제티의 말투를 흉내 내면서 쿠퍼는 자신의 반지르르한 앞머리를 쥐었다.

강제로 시야를 닫아 마음을 진정시킨다.

생각해 내────.

왜, 갑자기 이런 상황이 된 거지? 오늘 자신은 평소와 같이 메리다 저택의 1.5층에 있는 자기 방에서 눈을 뜨고, 학원이 휴일이라 오전 중부터 제자(메리다)와의 레슨에 열중하고 있었다.

바로 그 휴식시간에 있었던 일이다.

티 테이블에서 케이크 스탠드를 둘러싸고 우아하게 홍차를 즐기는 도중 메리다는 말했다.

저택의 메이드들에게도 들리지 않게, 입김이 닿을 만큼 얼굴을 가까이 대고――.

† † †

"뱀파이어의 아니마에 관해서 알고 싶으시다, 고 말씀하셨습니까?"

쿠퍼가 되묻자 메리다는 번개같이 상체를 당기고 저택을 뒤돌아본다.

화창한 바람이 부는 뒤뜰――.

정체를 밝혔을 때 쿠퍼가 '란칸스로프와의 혼혈이라는 태생이 알려지면 프란돌에 있을 곳이 없어진다' 라고 무서운 목소리로 고했기 때문일 것이다. 보이지도 않는 메이드들의 기척에 메리다는 가냘픈 어깨를 움찔거리고 있었다.

쿠퍼는 희미하게 쓴웃음을 흘린다.

어디까지나《강의》로 하는 대화라면 아무 문제도 없을 것이다.

"아가씨는 정말로 성실히 공부하시는군요."

"그치만, 뱀파이어라 하면《최강의 란칸스로프》로 유명한데

'왜 최강이냐?' 라고 물어봐도 학원 선생님들도, 도서관의 책도 납득이 가는 대답은 알려주지 않는단 말이에요."

"미지이기에 최강, 으로 통하며 공포의 대상이 된 것이겠죠."

쿠퍼는 짐짓 모르는 체하며 컵을 기울여 홍차를 한 모금 마신다.

쿠퍼도 일찌감치 백야 기병단(길드 잭레이븐)의 관할에 들어가 자신을 지킬 힘을 갖추지 않았다면 도시국가의 연구기관에 붙잡혀 어떤 인체실험을 당했을지 모를 일이다.

문자 그대로 샅샅이 뱀파이어의 진상이 파헤쳐졌을 것이 확실하다.

어렸을 때부터 뒷세계에 적을 두고 온 그에게 《정보》는 곧 생명줄이었다.

본능적으로 신중해진다.

그러나——.

바로 앞에서 얼굴을 내밀고 물끄러미 들여다보는 메리다의 붉은 눈동자의 인력이란 것이!

"그러네요——."

《가정교사》의 입장에서라면 다소 강의해도 괜찮겠지, 하는 낙관적인 기분이 들게 했다.

"그럼, 조금만."

제자의 활짝 핀 미소의 꽃은 비할 데가 없는 대가.

——이렇게 그 미모에 정신이 팔리고 만 것이 그의 치명적인 실수였다.

이때는 그렇게 될 줄은 꿈에도 모르고 쿠퍼는 집게손가락을 들었다.

"우선 아가씨께서도 아시고 계실, 《재생 능력》. 어떤 《불사 속성》을 지녀 그렇게 쉽게 죽지 않는다는 것이 슈퍼 경계종, 테스타먼트의 특징 중 하나로 여겨집니다."

"흠흠……."

"그 밖에 뱀파이어의 대명사라고 하면 《마안(魔眼)》이죠."

몸을 앞으로 내밀고 있었던 메리다의 손목을 붙잡고 느닷없이 끌어당긴다.

메리다는 중심을 잃고 입술이 아슬아슬하게 닿을 만큼 가까이에 끌려왔다.

쿠퍼는 짓궂은 마음을 슬쩍 비치면서 미소를 짓는다.

"이런, 아직 능력을 쓰지 않았습니다만……?"

"하으으."

마주 보는 메리다의 눈은 글썽이고, 미모는 새빨갛게 녹아내리고 있었다.

쿠퍼가 놀리고 있다는 사실을 깨닫고서 메리다는 그의 가슴팍을 밀고 몸을 일으켰다. 탁탁, 트레이닝복 옷자락을 치며 정돈하는 동작에 쿠퍼는 한 번 더 쓴웃음을 짓는다.

마음을 가다듬고 허공으로 시선을 들었다.

"그것 이외에 가르쳐드릴 만한 것으로는——."

비둘기가 하늘을 가로지르고 쿠퍼의 머릿속이 번득였다.

"사역마를 부리는 정도일까요."

"사역마??"

"작은 동물에 자신의 아니마를 먹이로 나누어주고, 대신 오감을 빌리는 겁니다. 빙의, 동화……. 으음, 말하자면 다른 생물에 옮겨 타는 술법이 되겠군요."

"굉장해요!"

순진한 제자의 머릿속에는 쿠퍼가 많은 귀여운 동물과 장난치는 팬시한 그림이 떠오른 것이리라.

……실제로는 주로 적의 진영에서 비밀리에 스파이 활동을 하기 위한 것이지만.

몽상을 망칠 수야 없지, 하고 쿠퍼가 몰래 고개를 저었을 때.

메리다가 입가에 손을 대고 속삭여왔다.

"지금 한번 보여주실 수 있나요?"

쿠퍼는 몸을 푸는 척을 하면서 주위를 살폈다.

손님이 올 예정도 없거니와 메이드들도 저녁 식사 시간까지 부르러 오지는 않으리라──.

쿠퍼는 입술 앞에 집게손가락을 세우고 고개를 끄덕였다.

……끄덕이고 말았다.

"좋습니다. ──귀를 기울여보세요. 식물원 쪽에서 작은 새가 노래를 부르고 있군요. 그 어느 하나에 옮겨 타고 이쪽 뜰로 와 춤을 추도록 하지요."

"와아!"

"잠시 《본체》가 무방비가 되므로 제 몸을 아가씨께 맡기겠습니다."

빙의술의 치명적인 단점이다. 다른 생물에 옮겨 타고 있는 동안 자기 자신의 몸은 빈껍데기가 된다. 이것이 싫어서 쿠퍼는 지금까지 사역마를 부린 적이 거의 없었다. ──아아, 이제 인정해야만 하겠지.

자신이 조금 들떠 있음을…….

훈련으로 몸이 달아올라 있어서일까. 아니면 오늘도 여느 때와 같이 제자가 사랑스러워 견딜 수 없어서일까. 그녀가 기뻐하는 얼굴을, 놀라는 표정을, 들뜬 목소리를 더욱 끌어내고 싶은 나머지 쿠퍼는 왼쪽 눈을 손바닥으로 덮고 자신의 사고를 가라앉혔다.

자신의 아니마를 운명의 실처럼 더듬고──.

무언가를 포착했다.

그렇게 느낀 직후다.

지면에서 뽑히는 채소처럼, 무시무시한 허탈감이 쿠퍼를 덮쳤다.

† † †

그리고 눈을 떠보니 본 기억이 없는 파란 동굴로, 호수에 반쯤 잠겨 있고, 엘리제 엔젤이 방정치 못하게 반라를 드러내고 있고──.

자신은 로제티 프리켓이라고 불리고 있었던 것이었다.

자신의 몸에 무슨 일이 일어났는지 의심할 여지도 없었다.

"권속이다…… 경솔했어!"

새로운 사역마를 부린다는 것은 어불성설이었다.

하프 뱀파이어인 쿠퍼 방피르에게는 피를 나눈 둘도 없는 권속이 이미 존재했으니 말이다! 요컨대 익숙지 않은 빙의술을 사용하여 사역마와의 회로를 연결하려고 한 순간, 뜻하지 않게 강력한 아니마의 결속을 더듬어 로제티 프리켓의 정신에 빨려 들어가 버린 것이리라.

현재 그녀의 상태는?

……의식이 흐릿한 휴면 상태에 있는 것 같다. 아마 지금의 쿠퍼와 같은 것을 보고, 같은 소리를 듣고 있음에도 불구하고, 그 것을 꿈속의 일처럼 느끼고 있을 것이다. 신체의 주도권은——쿠퍼에게 있다. 쿠퍼는 하얗고 가느다란 다섯 손가락을 여러 차례 쥐었다 폈다.

시야도 명료하다. 간신히 마음을 조금 진정시키고 얼굴을 든다.

"여기는…… 루터 동굴?"

프란돌 각지에 흩어져 있는, 알 만한 사람은 다 아는 관광 명소. 지금 보이는 바와 같이 호수에 수몰되어 특수한 암석으로 형성된 환경을 《루터》라고 부른다. 광원은 저편에 살짝 뚫린 동굴의 출입구뿐. 그러나 거기를 통해 쏟아져 들어온 넥타르의 빛이 호수 바닥에서 반사되고 천장에서 눈부시게 퍼져 이렇듯 환상적인 파란 장관을 만들어내는 것이다.

쿠퍼도 언젠가 메리다를 데리고 오고 싶었던 곳이기도 하다.

그러나 이곳은 하층 거주구에 있다──. 그것이 지금의 쿠퍼에게는 최악의 소식이었다.

쿠퍼는 물론 상황을 깨닫자마자 로제티에게 빙의한 지금 이상태를 풀 수 없는지 시도해보았다.

하지만 너무 멀다……!! 자신의 《본체》는 지금 프란돌 제3층 카디널스 학교구의, 거기에서도 변두리인 메리다의 저택에 있다. 영혼이 빠진 가정교사를 앞에 두고 메리다는…… 아무튼, 최소한 《본체》와의 거리를 좁히지 않으면 강제적으로 술법을 끊을 수 없다.

하지만 그 전에.

"저기, 엘리제 님."

정신을 빌리고 있기 때문에 로제티의 말투를 흉내 내는 것은 용이했다.

되도록 제자의 속옷 차림을 보지 않도록 하면서 묻는다.

"우리, 여기에 뭐 하러 온 거였지?"

"로제 선생님이 말했잖아. '비장의 수행 명소를 가르쳐주겠다'고."

"마, 맞다."

"휴일이니까 도시를 떠나 멀리 가자고──."

"맞아, 그랬었지…………."

로제티의 기억을 되짚으며 쿠퍼도 겨우 주위의 상황을 이해할 수 있었다.

이곳은 기병단 입대를 지망해 샹가르타에서 프란돌로 온 지 얼마 안 된 로제티가 그녀만의 비밀 수행 장소로 이용했었던 동굴이다. 평민 출신인 로제티는 귀족 아이들과 나란히 앉아 배우는 것이 허용되지 않았다. 아무런 연줄도 없어서 샹가르타의 촌장이 들려 보낸 소개장은 금방 찢겨 버려졌다고 한다.

그런 놈들을 실력으로 입 다물게 하기 위해 로제티는 죽기 살기로 단련을 거듭했다.

그리고 이제는 《일대후작(캐리어 마키스)》 소리를 들을 정도로 올라섰고——.

이날, 그녀만의 비밀 장소를 사랑하는 제자와 공유하려고 한 것이리라. 그것은 좋다. 정말로 좋은 일이다. 다만 외부자인 쿠퍼에게는 오직 한 가지만이 문제였으니…….

언제 돌아가지? 라는 것이었다.

물론 오늘의 레슨을 마치면 두 사람 다 학교구로 돌아갈 생각일 것이다. 문제는 그것이 몇 시간 뒤가 되는가? 그동안 쿠퍼의 《본체》가 계속 빈껍데기인 상태로 있다면 메리다는 결국 당황할 것이다. 저택의 메이드들도 이상을 알아챌지 모른다. 만에 하나 의사를 부르기라도 한다면? "뱀파이어의 힘이 폭주하고 있습니다." 같은 식으로 발각되면 쿠퍼는 파멸이다.

아주 조금, 메리다 앞에서 폼 좀 잡으려고 한 탓에!

엘리제에게 사정을 털어놓을 수도 없다. 애초에 믿지 않을 것이다. 적당히 둘러대서 지금 당장 귀로에 오르게 할까? ……아니, 여기서부터 도보로 하층 거주구 오하라까지 되돌아가서 열차로 갈아타고 가는 것만으로도 충분히 타임 오버다.

달리 몇 가지, 이 자리에서 잽싸게 빙의 상태를 푸는 수단이 있기는 하다.

하나는 사역마가 《행동불능》에 빠지는 것. 이것은 생각할 필요도 없이 논외다.

다른 하나는——.

"로제 선생님?"

드디어 엘리제가 의아해하며 쿠퍼를 올려다보았다.

쿠퍼는 로제티의 눈동자를 통해 그녀를 내려다본다.

또 하나의 수단은 《간파당하는 것》이다. 누군가가 빙의술을 사용해 다른 사람인 양 행세하고 있다, 그 사실을 누군가에게 간파당하면 된다. ……된다고 해야 하나, 본래는 '간파당하면 기술이 풀려버린다' 라는 단점이지만…… 지금은 어느 쪽이든 상관없을 것이다.

이 조건은 별로 어렵지 않아 보인다. 몇 분 안에 해결될 성싶다.

여하튼 눈앞에는 로제티를 최상의 스승으로 경모하는 엘리제가 있으니까.

그리고 쿠퍼는 감출 생각도 없다. 대놓고 수상한 거동을 보여주면 된다. 바로 흥에 겨운 동작으로 뒤통수에 손을 댔다.

"데헷, 나 말이야, 오늘 아침부터 아까까지의 기억이 싹 날아간 것 같아!"

"후후……. 로제 선생님은 덜렁이."

──어, 어라?

터무니없이 나사가 풀린 발언을 했을 텐데, 어째서일까, 큰 저항도 없이 흘러가 버렸다.

엘리제는 담담한 눈길로 주의를 준다.

"헤엄치기 전에 준비운동 했어?"

"으, 응."

"귀에 물이 들어가면 한 발로 콩콩 뛰는 거야, 알았지?"

"네……."

"너무 깊은 곳에 가지 않게 내 손 꼭 잡고 있어."

"역시 엘리제 님이야!!"

자포자기, 어깨를 으쓱하는 쿠퍼=로제티다.

대체 엔젤 분가의 사제 간 상하관계는 어떻게 되어 있는 걸까. 연상의 위엄, 스승의 위엄과 같은 말이 늦가을 바람이 되어 뇌리를 스친다.

──이거 어려울지도 모르겠다.

단순히 엉뚱한 언동을 하는 것만으로는 왠지 '늘 있는 일'로 받아들일 가능성이 큰 듯하다. 그렇다면? 엘리제에게 '평소의 로제티와는 다르다. 마치 다른 사람 같다…….' 같은 인상을 품게 하려면 어떡하면 좋을까.

쿠퍼는 이내 해답에 도달했다.

그래서 양팔을 뒷짐 지고 허리를 꼿꼿이 폈다.

마치 검은 군복을 입은 쿠퍼 방피르처럼…….

"괜찮겠습니까? 엘리제 님."

"헤에?"

"헤에, 가 아닙니다. 오늘의 저는 호랑이 가정교사 로제티……."

일부러 엉망진창인 모습을 보여줘도 로제티에게는 《부자연》스러운 행동이 되지 않는다.

반대다. 반대로 늠름한 태도로 지적인 부분을 과시해야 한다. 그러면 엘리제는 단숨에 알아챌 것이다. '평소의 로제 선생님과는 다르다!' 라고.

……순간, 휴면 상태에 있을 터인 로제티의 정신이 요란한 항의의 목소리를 낸 것 같은 기분이 들었으나, 당연히 착각으로 간주하고 쿠퍼는 외면했다.

"으음, 오늘의 레슨은——."

기억을 되짚고 쿠퍼는 음미하듯이 고개를 끄덕인다.

"《뉴트럴 스태그넷》에 능숙해지기군요."

"응."

"우선 이게 어떤 기술인지 설명할 수는 있겠습니까, 엘리제 님."

수업 모드에 들어갔기 때문이리라, 엘리제도 허리를 쭉 편다.

"무의식 아래에 있는 마나를 컨트롤 하는 기술 중 하나."

"흠흠."

"일부분에 마나를 치우치게 만들어서 집중시키는 것이 《카오스 카데나》라면, 뉴트럴 스태그넷은 그 정반대……. 마나를 온몸에 균등하게 퍼지게 해서 어떤 상황일지라도 그 균형을 계속 유지하는 기술……!"

"훌륭합니다. 말씀대로입니다."

그럼, 하고 보다 깊이 있는 질문을 던지는 게 쿠퍼란 사람이다.

"뉴트럴 스태그넷의 이점이란?"

"안정감."

심플하게 대답하고 나서 엘리제는 중얼중얼 보충한다.

"마나의 밸런스를 한쪽으로 치우치게 하는 카오스 카데나는 부분적으로 한계 이상의 힘을 발휘시킬 수 있어. 다만 일점을 강화한 대신에 부분적으로 약해지는 결점을 안고 있어."

"그렇습니다. 한계 이상의 힘을 내고자 하면 다른 곳에서 가져와야 하지요. 가져간 곳은 마나의 가호가 약해지고……"

"리타는 그 리스크를 무시무시한 반사신경으로 보완해."

사촌 자매와의 모의 시합이 생각나서인지, 엘리제는 영리한 눈동자를 내리뜬다.

"공격하는 순간, 방어하는 순간에 굉장한 속도로 마나를 집중시켜서 항상 스테이터스 수치 이상의 힘으로 상대와 싸우고 있어. 그래서…… 수치상은 내 쪽이 강할 텐데도 시합 결과는 매번 《비등비등》."

"비등비등, 하지요."

약간 분한 감정이 번지는 엘리제의 표정에 쿠퍼는 무심코 쓴웃음을 띤다.

바로 그 때문에 로제티는 제자에게 비책을 전수하려고 한 것이겠지.

이만큼 대답할 수 있으면 충분하겠다 싶어 쿠퍼는 집게손가락을 세우며 말했다.

"뉴트럴 스태그넷을 익히면 어떤 상황에서도 안정적인 실력을 발휘할 수 있습니다. 폭발력이 없는 대신에 견고하죠. 그리고 엘리제 님은 공격, 방어, 민첩 모두 뛰어난 팔라딘 클래스……! 약간의 틈도 보여주지 않는다면, 설령 어떤 상대일지라도 높은 스테이터스로 눌러버릴 수 있습니다."

엘리제의 목이 꿀꺽하고 갈망을 삼킨 것처럼 보였다.

"리타에게도, 사라에게도, 미우에게도…… 이길 수 있어!"

"그렇습니다."

쿠퍼는 로제티의 몸으로 팔짱을 끼고서 만족스러운 듯이 고개를 끄덕였다.

"이야, 정말 조리 있고 논리 정연한 레슨이야!"

"로제 선생님, 자화자찬……?"

"역시 난 대단해!"

일단 얼버무리면서 쿠퍼는 마음속에서 한 가지 더 납득하는 중이었다.

왜 로제티가 수행 장소로 이 루터 동굴을 선택했는지를. 둘이서 이렇게 굳이 옷까지 벗고 있는 이유를……. 물에 젖기 때문만은 아니다. 온몸으로 《자극》을 쉽게 느끼기 위해서다.

마나는 사념―― 능력자의 마음의 상태에 따라 컨트롤된다.

그것은 통상, 무의식에 따른다. 그 《흔들림》을 억제하고 안정적으로 뉴트럴 스태그넷을 익히기 위해서는 심오한 레벨의 정신통일이 필요해진다.

단둘이 있는 동굴에 풍덩하고 물방울 소리가 울렸다.

인간 세계로부터 차단된 것 같은 파란 동굴.

벌레 소리조차 들리지 않는 이 장소에서 확실한 것은 자신의 고동뿐———.

무릎 위까지 잠기는 물에서 싸늘한 습기가 맨살을 타고 기어오른다.

정신통일 단련을 하기에 이만큼 적합한 환경도 없을 것이다.

"그런데 엘리제 님."

"왜에?"

"저 지금——— 아주 우수해 보였죠?"

로제티의 몸으로 가슴을 힘차게 펴 보이는 쿠퍼.

엘리제는 안심된다는 듯이 납작한 가슴을 쓸어내렸다.

"응, 다행이야. 평소의 로제 선생님이라……."

"눼엣?"

"어디의 누구 같은 말투여서 어찌 된 일인가 싶었어."

아차. 우쭐대는 게 너무 일렀나…….

역시 조금 어색하다고 해서 '귀신이라도 씌었나?' 같은 엉뚱한 발상에는 좀처럼 이르지 않는 모양이다. 다시금 어려운 미션임을 실감한다.

보다 로제티답지 않은 부분의 어필이 필요한데…….

크흠, 쿠퍼는 헛기침을 하고 레슨을 재개했다.

"그, 그럼 엘리제 님, 바로 정신을 통일해주십시오."

"으음……. 통일이라고 해도."

"어렵게 생각할 필요 없습니다. 이렇게 두 손으로 깍지를 끼고, 눈을 감고── 심호흡을 하세요."

로제티의 몸이 포즈를 취하게 하고서 가볍게 윙크한다.

그러자 고분고분한 제자는 뭘 해도 이상한 속옷 차림으로 같은 포즈를 취했다.

으으음, 하고 뭔가 고민하는 듯한 신음소리가 들린다.

쿠퍼는 어드바이스를 건넸다.

"마음의 동요를 억제하는 겁니다……."

"그게 어려워."

"당연합니다. ──그런 건 불가능하니까요."

껌뻑, 엘리제의 커다란 눈이 닫혔다 열렸다.

쿠퍼는 길쭉한 집게손가락을 흔들면서 강의를 계속한다.

"인간의 뇌는 다양한 자극을 수용하게끔 되어 있습니다. 따라서 아무것도 생각하지 마── 마음이여 동요하지 마, 라고 빌어봤자 애당초 불가능한 이야기이지요."

"그, 그럼 어떡해야……??"

"알겠습니까, 엘리제 님. 정신통일이란, 달리 말하면──."

뜸을 들인 다음 말한다.

"《안정》입니다. 마음을 일정한 정신 상태로 두고 계속 유지하는 것. 말하자면 마음이 흐트러진 상태가 쭉 이어지면 그것은 그것대로 『안정되어 있는』 셈이 됩니다."

"……호와."

"엘리제 님께 바라는 것은 마음을 『차분한 상태로 안정시키는 것』! 그것이 엘리제 님이 목표로 삼아야 할 뉴트럴 스태그넷의 경지입니다.”

엘리제는 재차 “호와아.” 하고 입을 벌리며 존경의 눈빛을 보내왔다.

아니, 이건 이거대로 꽤 기분이 좋다. 로제티가 되어야만 맛볼 수 있는 기분이 아닌가. 본래의 쿠퍼가 같은 강의를 하더라도 이상하게 황소고집인 엘리제는 샐쭉 얼굴을 돌려버리는 경우가 많다. 이유가 뭘까.

얼른 로제티에게 주도권을 돌려줘야겠다, 하고 쿠퍼는 마음을 다잡았다.

“그럼 엘리제 님, 눈을 감고 다시 한번…….”

“응.”

엘리제가 기도하듯이 깍지를 끼면서 순순히 눈을 감는다.

교대로 쿠퍼는 호수면에 파문조차 일으키지 않고 양팔을 들어올렸다.

공기를 최소한으로 흔들며 입가에 손바닥을 댄다.

스읍, 폐에 가득히 숨을 들이마시고 나서——.

“와아아앗!!”

“히웃?!”

큰 소리를 낸 순간, 엘리제의 온몸의 마나가 고슴도치처럼 뾰족해졌다.

엘리제의 반응은 그야말로 기대한 대로! 쿠퍼는 본성에서 나오는 웃음을 참지 못하고 터뜨린다.

엘리제는 새빨개진 뺨에 바람을 잔뜩 넣어 부풀리더니 호수면을 첨벙첨벙 때렸다.

"으으, 으으, 으으……. 로제 선생님, 못됐어."

"이래서 되겠습니까, 엘리제 님. 전혀 마나를 안정시키고 있지 않은데요?"

좀 더 놀리고 싶은 마음이 싹튼 쿠퍼는 두 손바닥을 물에 담갔다.

다섯 손가락을 빈틈없이 딱 모으고 끌어올린다.

그러자 밀폐된 손안에 물이 고인다──.

"집중입니다, 엘리제 님."

양손을 눈앞에 내걸고 조준을 맞춘다.

여기서 단숨에 두 손바닥을 팍 합치면?

쫘악! 새끼손가락 틈으로 제법 강력한 물대포가 뿜어져 나왔다. 정확히 엘리제의 어깨에 튄다. 그녀의 온몸의 마나가 굽이치고, 이어서 어깨를 보호하듯이 그리로 모였다.

전혀 《안정》되어 있지 않다. 한숨을 쉬며 쿠퍼는 탄식했다.

"엘리제 님, 집중 또 집중입니다."

"차가워."

"조금 전에도 가르쳐 드렸잖아요? 『자극을 느끼지 않게 하는 것』은 불가능한 소리입니다. 다양한 자극을 수용하면서도 마음을 평온하게 유지하는 것. 그것이 바로 뉴트럴 스태그넷의 극의이자──."

기세 좋게 타이르면서 쿠퍼는 장난같이 물대포를 발사하고 있었다.

어깨, 배, 허벅지—— 찰싹 찰싹 물로 공격받으면서도 엘리제는 기특하게 기도하는 자세를 유지하고 있었으나…… 그 이마에 물덩이가 직격한 순간, 결국 인내심의 한계를 맞이한 모양이다.

화가 났다고 말하고 싶은 듯이 양팔을 번쩍 올린다.

별로 본 적 없는 감정이 폭발한 그녀의 모습에 "오오." 하고 태평하게 놀란다.

"로제 선생님, 복수다!"

엘리제는 두 손 가득히 물을 푼 다음 자기에게 그랬던 것처럼 쿠퍼를 겨냥했다.

그러나 아무리 힘차게 손뼉을 쳐도 물대포가 날아가지 않는다.

손가락 틈으로 싱겁게 후두둑 흘러내릴 뿐이다…….

"으으으…… 어려워."

"요령이 필요하니까요. 어느 정도의 손바닥 크기와——."

쿠퍼는 매끄럽게 물을 푸고 꽉 밀폐하고 나서 발사한다.

상쾌한 물보라가 일었다.

로제티의 손바닥이라 조금 감각이 이상해진 걸까? 샤워처럼 확산된 물을 엘리제는 머리부터 뒤집어쓴다. 은색 앞머리에서 물방울이 뚝뚝 흘러내렸다.

망연한 표정과 맞물려 목욕을 싫어하는 강아지같이 보였다.

쿠퍼가 낸 로제티의 웃음소리가 동굴 안에 메아리쳤다.

"……로제 선생님, 나 가지고 노는 거지?"

"당치도 않습니다. 성장을 응원하고 있는 겁니다."

"선생님이 그렇게 나온다면 나도 본격적으로 하겠어."

젖은 앞머리 뒤쪽에서, 사파이어 눈동자에 불길이 어른거렸다.

호오, 하고 쿠퍼는 로제티와 안 어울리는 불손한 웃음을 띤다.

——재미있다. 대체 어떤 《본격》을 보여주겠다는 걸까?

필사적으로 물싸움을 즐길 셈인가? 아니면 부동의 자세를 완강히 유지해서 이쪽의 간섭을 뿌리칠 각오일까? 쿠퍼는 진심으로 흥미가 당겼다. 평소엔 볼 수 없는 팔라딘 엘리제의 진지한 모습을 볼 수 있을지도 모른다——.

먼저, 엘리제는 브래지어 어깨끈에 손가락을 걸었다. ……응?

쿠퍼가 마음속에서 눈썹을 찌푸렸을 때는 이미 늦었다. 말릴 새도 없다.

"축축해서 신경 쓰여."

티익. 후크를 풀고 미련 없이 떨어뜨린다.

컵에서 해방된 순간, 아담한 언덕이 요염하게 흔들렸다. 가리지도 않는다. 상반신의 살색이 남김없이 드러난다. 쿠퍼는 잠시 아연실색하여 그 새하얀 알몸에 시선을 빼앗겼지만—— 뒤늦게나마 정신을 차렸다.

로제티의 인격에 반쯤 점령당한 채 번개같이 얼굴을 돌린다.

"뭐, 뭐, 뭐, 뭐 하는 짓이야, 엘리제 님?!"

"뭐냐니……. 선생님 때문에 젖었거든."

갈아입을 옷도 있고, 하고 엘리제는 아무렇지도 않은 듯이 말한다.

맞다, 그랬었지……. 쿠퍼는 재삼 깨달았다. 현재 자신은 엘리제가 사랑하는 스승 로제티임을. 만약 쿠퍼가 그 정신의 안쪽에서 이 광경을 엿보고 있다는 것이 발각되면── 오오, 두려워라! 어떤 매도를 당할지 모를 일이다.

빨리 자신의 몸으로 되돌아가야 한다……!

더욱 가벼운 모습이 된 엘리제는 팡팡 손뼉을 쳤다.

전투준비 만반, 그런 분위기다.

그 피부를 직시하는 것도 황공하여 쿠퍼=로제티는 필사적으로 호소했다.

"자, 잠깐만 엘리제 님……. 물싸움은 그만 끝내죠……!"

"뭐야, 그게. 치사해."

첨벙, 쿠퍼의 허벅지에 물이 튀어 온다.

"정신통일에 중요한 것은, 말이죠!"

막무가내로 강의를 강행하려고 하는 쿠퍼.

후우, 심호흡으로 마음을 진정시키고 자기 자신이 정신통일을 꾀한다.

"──마음에 여유를 갖는 것입니다."

"여유?"

"그를 위한 방법론으로는──."

자연스럽게 얼굴을 돌리게 되어서 또다시 훤히 오픈된 알몸과 대면.

2배의 속도로 쿠퍼는 고개를 되돌렸다.

"……고, 고맙습니다."

"뭐가?"

"그게 아니라—— 요컨대 그래요, 《감사》!"

자포자기하는 심정으로 쿠퍼는 지론을 외친다.

아예 눈을 감고, 자신의 마음을 다시 살펴보기로 했다.

"누군가에게, 무언가에게 감사의 마음을 품는 것—— 그것을 전하는 것. 실은 그때, 사람의 마음은 더할 나위 없이 양호한 정신을 이룬답니다."

"감사의 마음……?"

"어떤 일이라도 좋습니다. 예를 들면 밥이 맛있었을 때, 바람이 기분 좋았을 때……. 그것을 가져와 준 누군가에게, 무언가에게 자그마한 감사의 마음을 보냅니다. 그렇게 거듭하다 보면, 자, 어떨까요? 차츰 마음에 여유가 생기기 시작하지 않겠습니까——."

적어도 쿠퍼는 서서히 안정을 되찾고 있었다.

하지만 그런 그의 《안정》을 가볍게 뒤흔드는 일이 일어난다.

어느샌가 몸을 붙여 온 엘리제가 왼팔에 안겨든 것이다. 물에 촉촉이 젖은 헐벗은 가슴이 딱 달라붙어 열과 감촉을 전해준다.

보지 말라는 것이 무리한 요구다.

제자의 복숭앗빛 입술이 움직인다.

"선생님. 항상 공부를 봐줘서 고마워."

"엘리제 님……."

"나랑 리타를 지켜봐 줘서 고마워."

뭉클, 로제티의 마음이 감명받은 것을 쿠퍼도 공유한다.

엘리제는 볼이 닿을 만큼 바싹 붙어서 순진무구한 강아지처럼 고개를 갸웃거렸다.

"선생님은 누구에게 감사를 전할 거야?"

"저는————."

그때, 확실히 로제티의 마음이 눈을 뜬 것을 쿠퍼는 감지했다.

멍하니 시선을 돌려서 동굴의 벽을 바라본다.

예전의 로제티가 홀로 훈련에 임했었던 장소————.

떠들썩한 학사에 모이는 동년배 학생들을 본체만체하고……. 그 심경은 쿠퍼에게도 정확히 겹쳤다. 본래라면 이 루터 동굴에는 이제 그다지 출입하고 싶지 않았을 것이다. 비참한 외톨이였던 그 시절이 생각날 테니까.

그런데 왜, 오늘, 로제티는 결단을 내린 걸까?

의문스러울 것은 없었다————.

쿠퍼는 빈 오른손을 뻗어서 엘리제의 젖은 앞머리를 좌우로 헤쳤다.

또렷한 푸른 눈동자와 마주 보고, 미소 짓는다.

"고맙습니다, 엘리제 님."

"어?"

"로제가———— 잃어버린 것을 되찾게 해줘서, 고마워요."

성 프리데스위데 여학원에서의 나날은————.

이 파란 동굴의 별들같이 로제티의 가슴속에서 반짝이고 있을 것이다. 그 마음 또한 쿠퍼의 마음과 정확히 겹친다. 두 번, 세 번, 엘리제의 이마를 어루만졌다.

어째서인지 엘리제의 눈동자가 더욱 휘둥그레진다.

촉촉이 젖은 볼이 주홍색을 띠었다.

빈손으로 천천히, 톡 튀어나온 가슴 끝을 가린다.

그리고 말했다.

"쿠퍼 선생님?"

직후. 어? 하고 생각할 틈도 없이 또다시 쿠퍼의 온몸을 허탈감이 덮쳤다.

† † †

"쿠퍼 선생님!!"

깜짝 놀라 얼굴을 쳐드니 시야 가득히 메리다의 미모가 비치고 있었다.

당장에라도 울음을 터뜨릴 듯이 표정이 꾸깃꾸깃 일그러져 있다.

"다행이다……. 깨어나셔서……!"

"아가씨? 저는 대체──."

주위를 둘러보니 당연한 것처럼 메리다 저택 뒤뜰의 광경이 보였다. 벌레와 새, 바람이 술렁이는 소리가 온몸을 어루만진다. 물 냄새가 아니라 풀 냄새가 콧구멍을 가득 채웠다.

평소 입는 검은 군복이 지금은 무척이나 착용감이 좋다.

빙의 상태가 풀리고 쿠퍼 방피르의 《본체》에 되돌아온 것이다──.

휴우, 안도의 한숨을 쉬고 쿠퍼는 가볍게 앞머리를 휘저었다.

"걱정을 끼쳤습니다, 아가씨. ……저는 어떤 상태였습니까?"

의자 옆에 무릎을 꿇고 있었던 메리다도 이제야 안심한 듯이 몸을 일으킨다.

"선생님은 '작은 새를 데리고 오겠다' 고 한 이후 전혀 깨어나시지 않았어요. 다 제가 억지로 부탁하는 바람에……."

"이런, 부끄럽습니다. 제가 조금 실수한 모양입니다."

사실 빙의술은 완벽히 발동한 셈이지만…….

그냥 술법은 실패했고, 엘리제와 있었던 일은 일시적인 꿈으로 자신은 선잠을 자고 있었다── 그런 걸로 하고 메리다를 안심시키듯이 미소 짓는 쿠퍼였다.

"저는 얼마나 잠들어 있었나요?"

"네? 글쎄요……. 5분? 아니면 10분?? 흐아아……."

혼란스러운 메리다를 개의치 않고 쿠퍼는 테이블 위의 컵에 손을 댔다.

……적어도 홍차가 식을 만큼 몸을 비우지는 않은 모양이다.

조금 마시기 편해진 홍차를 쿠퍼는 목구멍으로 쭉 넘긴다.

"역시 익숙지 않은 일은 하는 게 아니네요."

"다행이에요, 아무 일도 없이 선생님이 돌아와 주셔서……!"

"아가씨야말로 용케 저를 믿고 기다려주셨습니다."

어쩌면 에이미를 비롯한 메이드들까지 포함한 가벼운 소동으로 이어졌을지도 모른다고 반쯤 각오하고 있었다.

그러나 메리다는 짧은 시간이었다곤 해도 연상인 그녀들에게 의지하는 것을 참았다.

기특한 복숭앗빛 입술이 오므라진다.

"……선생님의 몸에 관한 것은 우리 둘만의 비밀이라고 하셨으니까요……."

"고맙습니다, 아가씨."

말의 의미를 반쯤 숨긴 채 쿠퍼는 그녀의 머리카락을 쓰다듬었다.

어리둥절한 메리다의 붉은 눈동자가 휘둥그레진다.

"선생님……?"

"제가 이렇게 여기에 있을 수 있는 것은 틀림없이 당신 덕분입니다."

본래라면 프란돌에 하프 뱀파이어인 자신이 있을 곳은 없다.

그럼에도 소녀들의 웃음소리에 둘러싸인 일상을 보낼 수 있는 까닭은 무엇인가?

그것을 다시금 음미하게 된 휴일의 한 장면이었다——.

여담이지만.

휴일이 끝나 학원 등교일이 찾아오고, 평소의 통학로를 밟아 간 곳에 있는 만남의 장소에 두 소녀의 모습이 있었다. 메리다가 가장 사랑하는 단짝이자 동급생인 엘리제 엔젤과 그 가정교사 겸 종자인 로제티 프리켓이다.

저번 주에도 봤을 텐데 쿠퍼의 가슴은 형용할 수 없는 감회로 충만했다.

교복 차림의 엘리제는 평소처럼 얼음꽃과 같은 무표정.

그리고 로제티는 뭔가 어젯밤의 식단을 떠올리는 양 고개를 갸웃거리고 있었다.

메리다와 함께 일단 아침 인사를 나누고 나서 쿠퍼가 묻는다.

"휴일은 어떻게 보냈습니까?"

인사라기보다 슬쩍 속을 떠본다. 아니나 다를까 로제티는 어딘가 석연찮아 보이는 눈치다. 그렇다 해도 스스로도 무엇이 켕기는지조차 모르겠다는 모습이지만.

"그게 말이지, 엘리제 님과 같이 외출했는데 도중에 뭔가 조금⋯⋯ 머리가 머──엉해져서. 5분쯤? 잠이 덜 깼었던 걸까⋯⋯. 그래도 무슨 일이 있었는지는 기억해."

"무슨 말이 그럽니까."

어이없다는 시늉을 하면서도 쿠퍼는 속으로 안도했다.

아무래도 《이쪽》과 똑같이 로제티 쪽도 사소한 문제로 수습된 것 같다.

로제티는 태평하게 얼굴을 들었다.

이 뒤끝 없이 깔끔한 태세 전환이 가장 그녀답다.

"뭐, 나는 나야!"

영문을 알 수 없는 결론을 내려 사정을 모르는 메리다가 고개를 기울이게 한다.

쿠퍼도 안도의 한숨을 쉬며 이제 살 것 같다는 기분이 든 바로 그때.

뺨을 가만히 쳐다보는 시선을 느꼈다.

고개를 돌리니 엘리제가 옆에서 빨려 들어갈 것 같은 눈동자로 올려다보고 있었다.

쿠퍼는 저도 모르게 무릎을 굽혀 그녀의 미모에 끌려가 버린다.

"왜, 왜 그러십니까, 엘리제 님."

엘리제는 타이밍을 가늠하고 있었던 것처럼 쿠퍼의 소매를 쭉 당겼다.

까치발을 해서 쿠퍼의 귓가에 입김이 닿는다.

"어떤 마법을 썼는지 모르겠지만."

쿠퍼의 심장이 얼어붙었다. 엘리제는 귓불에 키스하듯이 마저 말한다.

"리타와 로제 선생님에게는 잠자코 있어 줄게. ──지금은."

상체를 홱 빼고 여봐란듯이 눈썹을 올려 보이는 엘리제.

"……마음에 여유를 가지려면?"

"가, 감사합니다, 엘리제 님……."

엘리제는 지극히 만족스럽다는 듯이 표정을 푼다.

경쾌하게 발길을 되돌리는 그녀를, 쿠퍼는 잠시 망연하게 바라볼 수밖에 없었다……. 메리다가 의아해하며 통학 가방을 흔들면서 쿠퍼를 쳐다본다.

"왜 그러세요, 선생님? ……왜, 왠지 안색이 조금 파래 보이는데."

"아뇨, 설마, 파란 동굴에 있는 것도 아닌데───. 저는 그저 아가씨들에게는 아무리 감사해도 부족하다고 느꼈을 따름입니다!"

크흠, 헛기침해서 얼마 안 되는 위엄을 되찾는 쿠퍼.

───자신의 평온한 일상은 살얼음판 위에 있는 걸지도 모른다. 이 가엾은 스케이터의 운명은 저 얼음 요정의 마음에 달렸다───그렇게 상상하자 쿠퍼의 단정한 미소도 오므라들기 직전이다. 아아, 부디! 이 이상 평온을 휘젓는 짓궂은 요정들이 나타나지 않기를, 쿠퍼는 하릴없이 기도할 뿐이었다.

CLASSROOM: Ⅲ ～황혼의 접객수업～

"이쪽이 예의 《유서》입니까? 뮬 님."

하고 쿠퍼가 공손하게 묻자.

"말씀대로여요, 주인님."

교태를 부리며 뮬 라 모르는 장난스럽게 미소 지었다.

그곳은 쿠퍼에게 낯설기 이를 데 없는 저택의 한 방이었다. 발을 들여놓는 것은 이번이 고작 두 번째다. 남의 집에 온 고양이 같이 영 거북하다.

이유는 명백했다.

익숙하지 않은 고귀한 신분의 예복 때문이다.

이 옷을 입는 것도 두 번째——.

지난 봄에 있었던 왕작의 순례 여행 이후 처음이다.

프란돌에는 혈통에 따른 왕족은 없고, 3대 기사 공작 가문의 당주가 3년이라는 임기로 왕위를 계승하는 것이 관례다. 《순왕작(巡王爵)》—— 왕의 작위가 순환하는 것이다.

현 왕작은 쉬크잘 가문의 세르추.

차기 왕작이 왕관을 계승하는 과정에는 왕의 이름에 걸맞은 거창한 관례가 존재한다. 그것이 순례 여행으로, 자신의 발로

프란돌 각지를 견문하여 국민 모두에게 차대 왕의 위엄을 널리 알리는 것이 취지이다.

본래라면 말할 필요도 없이 세르주 본인이 그 역할을 짊어져야 했었다.

그러나 어느 마지못할 이유에 의해 그것이 이뤄지지 못하고 ——.

대신에 그의 여동생들을 데리고 긴 여행을 하는 처지가 된 것이 심복 취급을 받은 쿠퍼였다.

세르주의 대관식으로부터 벌써 반년…….

아니, 아직 반년인가.

그때와 같이 지금 쿠퍼는 《쿠퍼 방피르》가 아니라, 《세르주 쉬크잘의 대역》으로서 이 자리에 와 있다. 맙소사, 또 왕작의 흉내를 내게 될 줄이야! 한숨을 쉬며 챙 넓은 모자를 벗는다.

실내에는 지금 세 명의 인간이 있다.

쿠퍼, 뮬—— 그리고 마지막 한 명, 살라샤 쉬크잘이 쭈뼛거리며 머리를 숙인다.

"미안해요, 쿠퍼 선생님……. 또 이런 형태로 불러내서."

"아닙니다, 살라샤 님. 이것은 제게 있어서도—— 마무리하지 못한 일이니까요."

전날, 이 저택의 여주인이 죽었다.

쿠퍼 일행 세 명이 딱 한 번 면식이 있는 상대다.

비탈라 노부인——.

다름 아닌 대역으로서 왕작의 순례가 한창일 때 이 저택을 방문한 바 있다. 쿠퍼 일행의 여행 목적은 4개의 《성석》을 갖추는 것이었고, 그중 하나인 《고결의 사파이어》를 부인 마더 비탈라로부터 양도받기로 약속이 되어 있었다.

그녀는 성석 대신에 어떠한 《대가》를 요구할 셈이었던 모양이다.

대체 어떤 난제를 부과할 것인가, 쿠퍼 일행이 한창 전전긍긍하고 있을 때——.

고결의 사파이어는 도난당하고 말았다.

저택 안에서 홀연히 사라져 버렸다. 순례 당시에는 쉬크잘 분가의 과격파가 간섭하고 있어서 범인은 상상하기 어렵지 않았다. 한시라도 빨리 성석을 뒤쫓아야 했고, 자신들이 머무르고 있으면 부인에게도 폐가 된다.

따라서 부산하게 이 저택을 떠나야만 했었다.

그러나 순례가 가경에 접어들고 판명된 바에 따르면——.

고결의 사파이어를 슬쩍한 범인은 외부가 아니라 《내부》에 있었다.

바로 순례에 동행하고 있었던 더비 극단의 단장이다. 그가 마음을 고쳐먹어서 고결의 사파이어는 최종적으로 자격을 지닌 사람 손에 건네졌다. 그렇게 무사히 4개의 성석 수집을 완수하여 쿠퍼 일행의 순례는 원만한 끝을 맞이할 수 있었다.

거기에 안도한 나머지 당시의 쿠퍼 일행은 의식하지 못했다.

고결의 사파이어는 도난당한 것이 아니었다는 사실을.

순례에 동행하던 일행의 손안에 있다가 결과적으로 쿠퍼 일행에게 넘어갔다.

그럼 역시—— 그 《대가》는 지불해야 하지 않았을까?

비탈라 노부인의 부고가 도착하고서야 쿠퍼 일행은 그 부분을 인지하게 되었다…….

"유가족분들은 '고약한 노인의 생떼는 신경 쓸 필요 없다'고 말씀하셨습니다만——."

이미 비탈라 부인의 자식 부부에게 인사는 마친 상태다.

그 저택에서의 대화가 생각나, 쿠퍼는 옆으로 시선을 보낸다.

그러나 주로 살라샤가, 침통한 듯이 머리를 숙인 채 있다.

쿠퍼는 살짝 고개를 젓는다.

"그러면 저희의 속이 풀리지 않죠."

"이제 와서이긴 하지만——."

뮬 역시 이제 앉을 사람이 없는 책상을 손가락으로 어루만지고 있다.

"그날 치르지 못한 대가를 건넨다면 조금은 그랜마에 대한 작별의 선물이 될까요?"

"그렇게 생각합시다. ……자기만족에 불과할지라도."

그런 이유로 세 사람은 지금은 죽고 없는 비탈라 부인이 살았던 저택을 방문한 것이다.

세 사람 외에는 저택 안에 아무도 없었다.

노부인은 도회를 싫어해서 가족과 떨어져 혼자 살았다. 하인들은 모두 새로운 일자리를 소개해주거나 내보냈다고 한다. 귀중품 부류는 이미 반출되었고, 남은 것은 전부 저택과 함께 팔려고 내놓는다고 한다.

　그래서 자식 부부가 말하기를, 이제 와서 《대가》는 신경 쓸 필요 없다, 고.

　……적적하다.

　감상을 떨쳐버리듯이 쿠퍼는 음성을 바꾼다.

　"그런데 뮬 님, 살라샤 님. ──그 모습은 뭡니까."

　그 물음에 살라샤는 "아으." 하며 어깨를 움츠리고, 뮬은 납작한 가슴을 젖힌다.

　무슨 말인가 하면, 지금 이 두 사람은 공작 가문 영애로서 해서는 안 될 복장을 하고 있다.

　메이드나 입는 에이프런 드레스 차림을…….

　열쇠를 빌려 비탈라 부인의 아무도 없는 저택에 도착한 것이 아까의 일. 도착하자마자 대뜸 "조금 기다려주세요."라고 하기에 쿠퍼가 얌전히 거실에서 기다리고 있자── 의상실에서 돌아온 살라샤와 뮬은 어째선지 메이드복을 입고 있었다.

　왜 쿠퍼 주위의 소녀들은 틈만 나면 두통의 원인을 가지고 오는 것인지……!

　심지어 일반적인 메이드복과는 달랐다. 치마는 짧고, 앞가슴의 살색이 화려한 인상을 드높이고 있다. 이전의 순례에서 메리다와 엘리제가 쿠퍼의 하녀인 척을 했을 때 입었던 의상과 비슷한 디자인이다.

　쿠퍼는 팔짱을 끼고 그녀들의 목적을 추궁해야만 했다.

　소극적인 태도의 살라샤와는 대조적으로 메이드 차림의 뮬은 당당하다.

"뭐긴요. 현재 쿠퍼 선생님은《왕작님》이라구요. 하인 한 명 거느리지 않으면 이상하지 않겠어요?"

"순례 당시에는 부득이 아가씨들에게 연기를 부탁했습니다 만——."

쿠퍼는 어쩐지 쓸쓸한 텅 빈 저택을 손으로 가리킨다.

"지금은 저희 말고 아무도 없습니다."

"그래도 재밌잖아요."

"정말이지, 뮬 님……! 누차 말씀드리지만 자신의 신분이라 는 것을……."

쿠퍼의 설교가 시작될 뻔한 장면에서 살라샤가 조심스럽게 끼어들었다.

진지한 그녀의 의견이라면 쿠퍼도 귀를 기울이지 않을 수 없 다.

"그, 그랜마가 요구한《대가》가 조금 까다롭다고 들었거든 요……."

"흠."

"평소 입는 드레스 차림이면 금방 더러워질 것 같아서……. 그, 그래서 일을 할 때 입는 옷을 입어야겠다 싶었어요. 게다가 이거라면 쿠퍼 선생님의 하인으로도 보일 테고 안성맞춤이겠 다 싶었는데……."

그렇게 언뜻 그럴싸한 이유를 말하자 쿠퍼도 그 이유에 끌리 고 만다.

그래, 확실히 일리는 있다……. 쿠퍼는 한숨을 섞어 고개를 끄덕였다.

　"……저택 안에서만입니다."

　해냈다며 뮬이 살짝 주먹을 쥔 것을 쿠퍼는 놓치지 않았다.

　아무래도 소녀들이 입을 맞추고 있었던 것으로밖에 안 보이는데…….

　다시금 자신들 세 명밖에 없음을 다행으로 느낀다.

　당시의 순례 일행 중 하나였던 더비 극단 사람들은 지금은 리바이벌 공연 준비로 매우 바쁜 모양이다. 왕작의 순례는 연극이 된다── 그들이 순례에 동행했었던 이유다. 뭐, 성석을 몰래 소지하고 있었던 장본인인 더비 단장은 비탈라 부인의 묘 앞에 사죄시키고 싶은 기분이 없지도 않지만…….

　그리고 메리다와 엘리제가 합류한 것은 여행 후반부터, 비탈라 부인의 저택을 방문했을 때는 아직 없었다.

　다만 당사자라 할 수 있는 마지막 한 명은──.

　즉 세르주 쉬크잘은, 지금은 성왕구의 왕성에서 그 정체를 알 수 없는 스마일로 평의회 사람들의 짜증을 돋우고 있을 것이다. 의욕적인 젊은 왕의 진두지휘 아래 프란돌은 바야흐로 평온을 만끽 중──.

　그의 진의를, 지금의 쿠퍼는 상상도 할 수 없다.

　"즉시 그랜마에게 치를 《대가》를 처리하죠."

　쿠퍼는 가볍게 손뼉을 쳤다. 메마른 소리에 고요한 공기가 진동한다.

조용히 움직이고 있는 괘종시계를 올려다본다.

"유가족들 말에 따르면 저희는 오늘 중으로 퇴거해야 합니다. 한가로이 있을 시간은 그다지 없습니다……. 지정시간까지 완료해야 해요."

그러자 뮬과 살라샤는 치맛자락을 붙잡고 이렇게 대답을 하는 것이 아닌가.

""알겠습니다, 주인님.""

교과서 수준의 완벽한 메이드의 행동이다.

쿠퍼는 현기증이 난 나머지 이마를 눌렀다.

"…………업보가 늘어만 가는군."

"주인님? 왜 그러시는지요?"

물으면서 뮬이 웃는 것을 쿠퍼는 알아챘다.

단호히 집게손가락을 세운다.

"즐기고 계시는군요? 두 분 모두."

그 부분은 일단 제쳐놓고. 가짜 왕작과 고귀한 두 메이드는 과거 비탈라 부인이 애용했었던 책상을 둘러싼다.

책상에는 양피지 한 장이 남겨져 있었다.

《유서》……라기보다는 메모다.

고결의 사파이어의 대가로서 왕작 일행에게 어떤 난제를 낼까—— 그런 것이 빼곡하게 쓰여 있다. 가족이 유품을 정리하다 메모지를 발견하고, 쉬크잘 가문에 비탈라 부인의 부고가 닿아서, 듣고 보니 그녀에게 은의를 입었음을 깨달은 것이 현재 세 사람의 상황이다.

다만 유가족에게는 마더 비탈라의 무례를 사과하는 것 이상의 생각은 없었던 모양이다. 뭐, 그 점은 제쳐놓고.

단서는 그녀가 남긴 이 메모지가 유일하다.

생각나는 것을 전부 써놓은 것처럼 보인다.

이중 어느 것을 고결의 사파이어의 대가로서 쿠퍼 일행에게 요구할 셈이었던 걸까.

……그것이 이루어지지 않는 사이에 성석은 도난당하고 부인은 돌아오지 않는 사람이 되어 버렸지만.

"닥치는 대로 착수하죠."

왕작으로 분한 쿠퍼가 적극적으로 나선다.

"《어떤 게 정답일지》는 아무리 생각해도 알 수 없습니다. 그렇다면 여기에 쓰여 있는 요구를 모두 이루어주는 겁니다."

"그렇게 하면 하나는 맞겠네요."

뮬은 말하면서도 벌써 정신이 아찔해진 모양이다.

살라샤도 조심조심 양피지를 들여다본다.

"맨 위에 쓰여 있는 것은……《편지 분류》?"

"뭐어야."

뮬은 맥이 빠진 것처럼 어깨를 으쓱한다.

"그 정도는 간단하겠는데요."

"그리 생각하십니까?"

쿠퍼는 장식이 많은 무거운 상의를 벗었다.

몸은 가벼워졌으나 볼에는 식은땀을 흘리고 있다.

"잊으셨습니까? 저희와 같은 척도로 생각해선 아니 됩니다."

"말씀인즉슨?"

"상대는 천수를 다 누리신—— 부인입니다."

그렇다.

쿵!! 책상에 놓인 편지 뭉치는 상상을 초월하는 양이었다.

쿠퍼야 어느 정도 예상한 바지만, 10대 전반의 소녀들은 벌써 눈이 핑핑 돌기 시작했다.

장소를 응접실로 옮겼으나 편지는 책상은 물론이요, 바닥을 모조리 메울 정도로 많다.

"말도 안 돼!"

분류를 시작하고 머지않아 뮬은 그새 포기 기미를 보였다.

"이런저런 교우 상대부터—— 일의 거래처—— 거기에 관공서에서 온 서류——가 수십 년분! 터무니없는 양이에요!"

"미우, 입이 아니라 손을 움직여야지⋯⋯⋯!"

살라샤는 철야라도 한 것처럼 눈이 생기를 잃은 상태였다.

뮬은 초조한 듯이 괘종시계를 올려다보았다.

"안 좋아."

총명한 그녀는 벌써 견적이 잡힌 모양이다.

"이만한 숫자면 도저히는 아니지만, 오늘 중으로 처리할 수는 없어!"

이 저택은 곧 비탈라 부인의 사유물과 함께 매물로 시장에 나간다.

세 사람이 이곳에 머무를 수 있는 것은 오늘 18시가 한도⋯⋯!

닥치는 대로 《대가》를 치른다고? 당치도 않다!

이대로라면 어중간하게 편지 정리만 하다 저택을 떠나게 되고 말 것이다. 그런 촌극이 어디 비탈라 부인에 대한 작별 선물이 되겠는가?

"그렇게 비관할 건 없습니다."

두 소녀가 절망감에 사로잡히기 직전——.

오직 단 한 사람, 쿠퍼만은 매우 빠른 속도로 두 손을 움직이고 있었다. 엉성하게 보이는 손놀림으로 오른쪽의 산더미 같은 편지를 무너뜨렸다 싶으니 그것들이 왼손을 경유하여 반대쪽에 미끄러질 무렵에는 몇 장씩 정연하게 정돈되었다.

살라샤도 무심코 손을 멈추고 눈을 동그랗게 뜨고 있었다.

"어, 어떻게 하는 건가요, 쿠퍼 선생님?!"

말하고서 절레절레 고개를 젓는다.

"주, 주인님!"

고지식한 그녀에게 쿠퍼는 손을 멈추지 않은 채 얼굴만 돌린다.

"간단합니다. 손가락의 감촉으로 봉투의 두께, 크기 그리고 종이의 질감을 확인하여 대강 나누고 있는 겁니다. 세세한 분류가 필요하다면 그다음에 하면 되니까."

"그, 그렇군요⋯⋯? 아니, 전혀 간단하지 않아 보이는데⋯⋯."

"작업을 분담할까요."

쿠퍼는 일단 상체를 세우고 가볍게 손짓하여 살라샤를 부른다.

시키는 대로 살라샤는 왼쪽 옆에 몸을 바싹 붙였다.

"제가 대충 1차 분류를 할 테니 살라샤 님과 뮬 님은 2차 분류로── 날짜와 보낸 사람별로 정리해 주시겠습니까?"

"맡겨주세요."

살라샤가 두 주먹을 불끈 쥔다.

그리고 뮬은 벌떡 일어났다.

"두 사람 다, 목 마르지 않아? 아이스티를 내올게."

지체 없이 그녀의 두 손을 쿠퍼와 살라샤가 단단히 붙잡는다.

""됐으니까 도와.""

뮬은 망연히 앉았다.

그러나 따분하다는 듯이 쿠퍼의 오른쪽 어깨에 기댄다. 작업을 방해하는 것으로밖에 안 보인다.

"실은 좀 곤란해요. 나는 사라와는 달리 쿠퍼 선생님의 눈을 즐겁게 할 수 있을 만큼 《풍만》하지 않다 보니."

"헤에?"

쿠퍼를 끼고 반대쪽에서 살라샤가 천진난만하게 고개를 갸웃거린다.

……설마 살라샤가 작업에 열중한 나머지 몸을 앞으로 기울이고 있는 바람에 10대 전반답지 않은 가슴골이 탱탱하게 강조된 것을, '쿠퍼의 눈을 즐겁게 하고 있다' 라고 표현하는 걸까? 생트집이 따로 없다.

살라샤가 너무나 무방비해서 일부러 옆에 오라고 손짓을 한 건데…….

쿠퍼는 가볍게 체중을 떠맡기는 뮬에게 타일렀다.

"분류를 도와주시기만 해도 저는 매우 수월해집니다만."

"아, 맞아요!"

상쾌하게 흘려 넘기면서 뮬은 또다시 일어났다.

치마의 프릴을 나부끼고 쿠퍼의 등으로 돌아가더니.

"저는 지금 메이드니까요. 마사지해드릴게요, 주인님."

"작업이 하기 힘들어서 불편합니다만."

어떡해야 이 틈만 나면 땡땡이를 치려는 요정을 일에 집중시킬 수 있을까?

쿠퍼가 두통의 원인과 씨름을 하는 사이.

"……히익!"

이제야 친구가 한 말의 뜻을 알아챈 살라샤가 뒤늦게나마 새빨개진 얼굴로 가슴을 끌어안았다.

† † †

다행히도 무모하리라 생각된 산더미 같은 편지는 두 시간 만에 싹 정리할 수 있었다.

만년이 다가옴에 따라 편지가 눈에 띄게 줄어들었기 때문이다…….

사이즈별로 정연하게 쌓인 편지 더미 위로 살라샤는 한 통, 또한 통 얹는다.

"997……. 998……. 999…………."

그리고 손 안에 남은 마지막 한 통을 쌓는다.

"1000! 이게 끝이에요!"

"끝났다…………!"

뮬은 바닥에다 다리를 아무렇게나 쭉 뻗고 있었다.

얄팍한 가슴이 크게 오르내린다.

"처음《대가》부터 이러면……. 앞길이 걱정되네요!"

"이런, 기억하고 계신 것 같아 다행입니다."

쿠퍼도 가볍게 옷깃을 풀었다.

아무렴, 이것은 시작에 불과하다……. 비탈라 부인이 남긴 《대가》의 첫 번째, 한 가지에 지나지 않는다. 쿠퍼는 품에서 수첩 한 권을 꺼냈다.

무엇인가 펜을 술술 놀린다…….

그런 그의 모습을 살라샤가 발견하고.

"쿠퍼 선생님? 뭘 쓰고 계시는 건가요……?"

"잊어버리지 않도록——."

막연한 말을 하고서 쿠퍼는 수첩을 덮고 품에 다시 넣는다.

"——편지는 유가족들에게 전달하도록 하죠."

"네, 네에……. 그런데 그랜마의 다음《대가》는……."

"흠."

잠시 휴식을 끼면 작업을 재개하기 싫어질 것이다.

그런 이유로 정리된 책상 위에 쿠퍼 일행은 다시《유서》를 펼친다.

두 번째에 쓰여 있는 비탈라 부인의 요구는——.

"『왕궁 요리 풀코스를 먹고 싶다』……이것 참, 또."

"무, 무리예요!"

뮬이 제일 먼저 소리를 질렀다.

일리 있다……. 왕궁 요리란 성왕구의 왕성에서 프란돌 제일의 요리사가 만드는 왕을 위한 요리다.

그것을 먹고 싶다니…… 자칫하면 불경죄에 해당한다.

비탈라 부인 정도면 잘 알고도 남을 텐데 왜 이런 대가를?

"확실히 불가능이군요."

쿠퍼도 깨끗이 백기를 들었다.

그러나 턱에 손가락을 대고 이렇게 덧붙인다.

"그럼 어떡하면 가능해질까요? 두 분 다, 생각해보세요."

"네에에……??"

"사고 훈련입니다."

쿠퍼의 말에 메이드 차림의 수습 기사들은 고민하기 시작한다.

쿠퍼는 조언을 보냈다.

"어떤 아이디어라도 상관없습니다. 일단 떠오르는 대로 말해봅시다."

쿠퍼의 말에 두 사람은 더욱더 음음거리며 신음한다.

도화선에 불을 댕긴 것은 살라샤였다.

"왕성에서 요리장을 불러다 만들어 달라고 하면…… 어떨까."

"오늘 18시까지? 시간이 안 돼!"

뮬은 한탄스러운 듯이 고개를 젓는다.

그리고, 득의양양하게 대안을 내민다.

"날을 새로 잡아 그랜마의 묘 앞에서 식사 모임을 여는 건 어때!"

"그건……."

"혼날 것 같군요, 여러 의미에서."

뭐라 말할 수 없는 광경을 상상하고 말아서 살라샤와 쿠퍼도 미묘한 표정이 된다.

뮬도 "안 되겠지." 하고 한숨 섞어 중얼거렸다.

"오늘 중으로 이 자리에서 저희 세 명만으로 이루어 줄 수 있는……."

쿠퍼는 소리를 내어 확인했다.

그렇게 되면 현실적으로 이루어 줄 수 있는 수단은 이제 하나——.

눈치챈 것은 살라샤다.

"저희 셋이서 만드는 것……."

쿠퍼와 뮬도 얼굴을 들고 시선을 마주했다.

잠시 있다가 뮬이 어깨를 으쓱하면서 말한다.

"메뉴는——알고 있어요. 어머니가 왕위에 있었을 때, 성에서 열린 만찬에 동행한 적이 있거든요."

"그럼 식재를——."

쿠퍼가 발길을 되돌리려고 하니 살라샤가 손바닥을 든다.

"저택에 남아 있는 것은 뭐든 마음대로 써도 된다고 했어요."

쿠퍼는 여러 번 고개를 끄덕여 대답했다.

"요리에는 다소나마 자신이 있습니다."

웬걸——— 조건이 갖추어지고 말았다.

세 사람은 다시 얼굴을 마주 보고, 서로 고개를 살짝 끄덕였다.

쿠퍼는 괘종시계를 올려다본다.

"슬슬 배도 고프고 말이죠."

그런 이유로 주방으로 장소를 옮기고 약간 늦은 점심 식사 시간이 되었다.

다이닝 테이블 위에는 세 사람이 시간과 정성을 들여 만든 왕궁 요리 풀코스———풍의 여러 가지 요리가 죽 늘어져 있었다. 나무 의자를 세 개 가지런히 놓는다.

셋이서 식전 기도를 드리고서 "잘 먹겠습니다".

"그랜마는 이걸로 만족해 주실까?"

잠두콩 페이스트를 입가로 나르면서 뮬은 불안한 표정을 보였다.

이전에 먹었던 진짜 왕궁 요리와의 차이에 납득이 가지 않기 때문이 틀림없다.

반면 쿠퍼는 새끼 양 어깨 로스에 입맛을 다시고 있다.

"마더 비탈라도 실제 왕궁 요리를 먹을 수 있을 거라곤 생각하지 않았겠죠. 우리의 성의를 받아들여 주실 겁니다."

그러고 나서 일단 식사하는 손을 멈추고 품에서 수첩을 꺼낸다.

두 메이드는 그의 손을 주의 깊게 쳐다본다.

──또 메모를 하고 있다…….

대체 무엇을 쓰고 있는 걸까?

지금, 그의 눈앞에는 뮬과 살라샤가 솜씨를 발휘해 만든 요리
가 죽 놓여 있다.

따라서 이렇게 상상하는 것도 부득이했다.

《채점》하고 있는 건 아닐까?

살라샤와 뮬, 누구의 요리가 더 맛있는가를……!

그렇게 생각하기 시작하자 소녀들은 불안해졌다.

살라샤는 의자를 움직여서 쿠퍼의 오른쪽 옆으로 대담하게 몸
을 붙였다. 그의 앞으로 자신하는 접시 하나를 미끄러뜨렸다.

"쿠퍼 선생님, 아몬드 수프는 어떠세요? 조미료로 육두구와
석류 열매를 넣어봤어요."

"네, 정말로──."

쿠퍼는 커다란 스푼으로 한 숟가락 뜬 다음, 먼저 코끝으로 김
을 만끽한다.

향긋한 냄새…….

참지 못하고 입에 머금고서 혀에 골고루 맛이 배게 했다.

"이 은은하게 거칠고, 섬세한 맛……. 후후, 왕성의 요리장도
넙죽 엎드리겠는데요?"

"아, 아이참, 선생님도……!"

마치 새댁 같은 분위기를 자아내는 살라샤에게 질 수 없다며
뮬이 대항심을 드러냈다. 반대인 왼쪽 옆에서 쿠퍼 쪽으로 몸을
쑥 내민다.

"선생님, 디저트를 기대해주세요. 계절 과일과 로즈 워터의 밀크 푸딩을 준비했거든요?"

"무, 물론 기대하고 있습니다. 지금도 산뜻한 빛깔에 시선이 끌려서……."

쿠퍼가 조금 쩔쩔매고 있는 이유를 반대쪽의 살라샤는 금세 알아챘다.

뮬이 그의 팔에 매달리듯이 밀착하고 있었다.

어디 그뿐이랴, 메이드복의 개방적인 앞가슴을── 아련한 색기가 풍기는 가슴을 아낌없이 그의 팔에 꾹 누르고 있다. 그것은 반칙이라며 살라샤는 처진 눈썹을 치켜세웠다.

"미, 미우 치사해!"

"어머, 무슨 소리람?"

얄미운 소리와 함께 혀를 날름 내민다. 천사를 가장한 작은 악마가 따로 없다.

이래서는 쿠퍼도 채점에 오차가 생길지도 모른다. 살라샤는 초조했다. 그렇다고 자신에게는 친구처럼, 연모하는 사람에게 요염한 매력으로 어필할 만한 배짱은 없고…….

각오를 다지고 살라샤가 두 손에 움켜쥔 것은 식기였다.

나이프로 파테를 잘게 썰더니 포크 끝을 자신의 입이 아니라 ──.

"드, 드, 드세요, 주인님……!"

쿠퍼와 뮬이 "네?" "뭐!" 하고 연달아 놀란 것도 당연하다.

요컨대 살라샤는 쿠퍼의 입에 '아─앙' 하고 요리를 가까이 가져간 것이다.

애정이 넘치는 연인같이 볼을 새빨갛게 물들이고——.

"쿠, 쿠, 쿠퍼 선생님의 메이드, 니까요……!"

말하자면 요염한 매력이 아니라 봉사의 마음가짐으로 《추가 점수》를 따내려는 속셈이다.

쿠퍼로서는 거부할 이유도 없었으므로 황송하게도 그녀의 포크를 덥석 물었다.

뮬은 이 광경이 지독히 마음에 들지 않았던 모양이다. 마치 무기를 찾는 양 시선이 테이블 위를 들쑤신다.

포크 이상의 공격 수단이라면…… 옳지, 《손》이다! 식기를 사용하지 않고 자신의 손가락으로 그의 입술에 옮겨주는 것이다. 그렇게 정한 뮬은 빵을 한입만큼 떼어냈다.

그녀가 성심성의껏 만든 디핑 소스에 푹 적시고 나서 들어 올린다.

"자, 주인님. 아~앙, 하세요?"

"아아, 뮬 님. 그렇게 듬뿍 소스를 묻히면……."

당장에라도 빵 끝에서 흘러내릴 것 같다.

워낙 아슬아슬한 상황이어서 쿠퍼는 곧장 빵을 뮬의 손가락째 물었다. 테이블을 더럽히지 않도록 정성껏 빨고, 섬세한 손톱 틈까지 쪼오옥 혀로 핥는다.

"아앙!"

뮬이 뭔가 이상한 소리를 냈다.

걱정이 된 쿠퍼가 올려다보자 뮬은 손을 잽싸게 뽑아 버렸다.

아직 살짝 젖어 있는 손가락을 가슴 위치에서 부둥켜안고 있다.

"죄, 죄송합니다, 뮬 님. ……제가 놀라게 했습니까?"

"아, 아뇨. 그게 아니라……."

그녀는 뜨거운 숨을 쉬고 있었다.

"오, 올리브 오일이……."

"허어."

"이런 식으로 쿠퍼 선생님이 미끈미끈하게 만들어 버리면, 전."

후우, 넋을 잃고 볼을 누른다.

"전에 선생님이 온몸에 로션을 덕지덕지 발라줬을 때가 생각나서 피부가 민감해져 버려요……!"

"그 병은 빨리 고치시기 바랍니다."

식사 중에까지 두통의 씨앗에 물을 주는 소녀들이다…….

† † †

식사를 마치고 뒷정리를 끝내고 보니 시간은 얼마 안 남아 있었다.

18시 종이 울릴 때까지 비탈라 부인에게 《대가》를 청산할 수 있을까…….

맛있는 식사로 기력을 보충한 소녀들은 의기양양하게 양피지를 들여다본다.

"어디~ 그랜마의 다음 《대가》는 뭘까요?!"

"저희가 들어줄 수 있는 일이라면 좋겠는데……!"

쿠퍼는 솔선하여 양피지를 들어 올리고 소리 내어 읽는다.

"『기사들의──……."

저도 모르게 말문이 막혔다.

소녀들은 자매처럼 고개를 갸웃한다.

말하지 않을 수는 없다. 쿠퍼는 엄숙하게 마지막까지 소리 내어 읽었다.

"……『기사들의 피로 피를 씻는 결투를 보고 싶다』."

""네……. 네에에??""

"……과연."

쿠퍼는 다른 의미로 두통이 일었다. 양피지를 돌돌 만다.

"이전, 이 저택을 방문했을 때는──원래 왕작 일행에는 호위대가 따르는 법이니까 말이죠."

실제로 순례 초반까지는 토그로니 부대라는 기사 집단이 열차를 경호해 주었었다.

……왕작이 대역이라는 것을 알고 모조리 떠나가 버리긴 했지만.

비탈라 부인은 그들에게 목숨을 건 결투를 시키고 싶었던 것이리라.

메이드 차림의 뮬은 기가 막힌다는 듯이 고개를 젓는다.

"이것만은 들어줄 수 없어요!"

"여기에는 저희밖에 없고, 목숨을 건 대결이라니……."

당치도 않다며 살라샤도 동의한다.

하지만 쿠퍼는 그것을 수용하고 여기서 멈출 사람이 아니었다.

"그러네요."

일단 수긍해 보이면서도 매끄럽게 이어간다.

"그럼 현재 두 사람은 메이드이니──《피로 피를 씻는》게 아닌, 《물로 물을 씻는》 대결을 하시는 것은 어떠십니까?"

""물로 물을……??""

"청소입니다."

심플하게 고하고 쿠퍼는 비탈라 부인의 유서를 뒤집는다.

두 메이드에게 여봐란듯이 서면을 보여주었다.

"보십시오, 그랜마가 제시한 대가 중 하나로 『파티 룸을 반짝 반짝 광이 나게 해줬으면 좋겠다』라는 것이 있습니다. 여기에 『물로 물을 씻는 대결』을 걸고──."

몇 분 후.

세 사람의 모습은 파티 룸에 있었다. 두꺼운 커튼으로 창이 가려져 있는 것은 호화로운 샹들리에를 돋보이게 하기 위해서일 것이다. 몇 쌍의 페어가 충분히 춤을 출 수 있을 정도의 넓은 공간……. 그러나 아무래도 오랫동안 사용되지 않았는지 바닥에는 칙칙한 때가 눈에 띈다.

벽 쪽에 세제와 물이 가득 채워진 양동이가 준비되어 있었다.

그리고 그 양옆에 서는 살라샤와 뮬의 손에는 새 대걸레가 들려 있다.

메이드복을 전투복처럼 휘날리며 전장인 파티 룸을 응시한다——

"룰은 단순합니다."

이 와중에 혼자 우아하게 둥근 의자에 앉아 있는 것이 쿠퍼였다.

"두 분이 바닥을 반들반들하게 닦아주세요. 더 많이 청소한 분을 승자로 치겠습니다."

"어떻게 승패를 정하는데요?"

"제가 눈대중하고 있으므로 두 분은 걱정 말고——."

뮬은 대걸레를 버팀목으로 삼고 기댔다.

"그런데 단순히 바닥을 닦는 것만 가지곤 할 마음이 들지 않아요."

"그러면 제가 뭔가 경품이라도 드릴까요."

쿠퍼는 무심하게 말했으나 뮬의 턱이 번개같이 뛰어 올랐다.

살라샤도 조심스러운 태도지만 흥미는 동한 모습이다.

"겨, 경품이라니……. 뭘 받을 수 있는 거죠……?"

이런 상황에 쿠퍼는 익숙하다.

메리다와 엘리제 그리고 로제티의 변덕에 온종일 휘둘리는데 왜 안 그렇겠는가.

"글쎄요."

일부러 딴청을 부리면서 시선을 이리저리 돌린다.

"떠오르는 바가 없으니 『승자의 요구를 무엇이든 들어준다』로 하죠."

뮬은 검을 뽑듯이 대걸레를 집어 돌렸다. 살라샤도 즉각 애용하는 창처럼 긴 자루를 허리춤에 둔다.

두 사람의 이글거리는 눈동자는 전장을 비추고 있었다——.

"쿠퍼 선생님, 신호를 부탁드릴게요!"

"미우, 반칙하기 없기다!"

쿠퍼는 실로 만족스러운 듯이 미소 짓고, 두 손바닥을 든다.

"이야~ 의욕을 내주셔서 다행입니다. 그러면 승부——."

짝, 가볍게 손뼉을 친다.

"시작."

두 메이드복의 치마가 동시에 나부꼈다.

뮬은 돌진과 함께 바닥에 대걸레를 꽉 누르고서 문지르고 또 문지른다. 그러나 물을 흠뻑 머금게 해도 좀처럼 미끄러지지 않아 그녀는 일찌감치 식은땀을 흘리기 시작했다.

"뭐가 이리 뻣뻣하담!"

그렇게 마루청 한 장에 애먹는 옆을 친구가 가볍게 지나간다.

살라샤는 자세부터가 뮬과는 달랐다. 앞으로 나아가는 게 아니라 뒤로 물러서면서 그 발자국을 대걸레로 닦는 것이다. 과연, 확실히 그편이 신발의 얼룩을 신경 쓸 필요가 없다.

힘 조절도 절묘하다. 자루를 쥐는 악력이 대걸레 끝에서 최대한으로 발휘된다.

결코 연기가 아닌 진심으로 쿠퍼는 감탄했다.

"과연 살라샤 님이군요."

"에헤헤……. 자루가 긴 것을 다루는 건 특기니까요."

그제야 뮬은 퍼뜩 얼굴을 들었다.

"그, 그래요. 이 승부, 사라가 압도적으로 유리하잖아요!"

"이런, 뮬 님. 손이 놀고 있습니다."

심판 역할인 쿠퍼는 담백하게 고했다.

"단순히 넓은 범위에 물을 바르면 되는 일이 아닙니다. 오염된 정도도 포함하여 종합적으로 승패를 판단할 생각입니다."

"크윽……!"

분한 듯이 입술을 깨물고 뮬은 악착같이 대걸레를 움직일 수밖에 없었다.

이러고 있는 동안에도 살라샤와의 거리는 쭉쭉 멀어져 간다.

벚꽃색 머리칼의 메이드는 콧노래를 곁들인다.

"쿠퍼 선생님에게 뭘 부탁할까……. 후훗."

들려오는 노랫말에 뮬의 초조함은 한계에 달했다.

살라샤는 벌써 방 끝을 찍고 되돌아서 뒷걸음질로 돌아온다.

그 뒷모습이 간격에 들어오는 것을 가늠한 다음…….

뮬은 손이 미끄러진 것처럼 자루 끝을 바닥이 닿을락 말락 하는 위치에서 냅다 튕겨 올렸다. 살라샤의 치마에 걸리자, 그대로 위쪽으로 힘껏 올린다.

훌렁! 프릴이 주렁주렁 달린 치마가 걷혀 올라갔다──.

"어?……히야아아아아아아아아아악?!"

살라샤는 사랑스러운 비명을 지르면서 한쪽 손으로 엉덩이를 누른다.

그 틈에 뮬은 지체 없이 바닥을 닦는다. 그것도 아까 살라샤가 청소한 장소를. 당연한 일이지만 살라샤는 새빨간 얼굴로 눈썹을 치켜세웠다.

"자, 잠깐만 미우?!"

"이러면 안 되지, 사라. 여기에 덜 닦인 곳이 있잖아!"

그런 말을 하면서 살라샤의 영역을 자신의 대걸레로 빈틈없이 칠한다. 상대의 득점을 깎으면서 자신의 득점을 번다── 아주 야비한 테크닉이다.

순식간에 자신의 영역이 덧칠되는 것을 빤히 보면서도 살라샤는 잠시 치맛자락을 끌어당기고 무릎을 떨었다. 움직일 수가 없다.

──웬일이람, 연모하는 사람의 눈앞에서 치마 속을 보이다니!

그러나 그 수치심이 어린 드라군의 투쟁 본능에 불을 붙였다.

에메랄드 눈동자가 날카롭게 번쩍인다.

살라샤도 자루를 번쩍 들어서 뒤에서 상대의 치마를 노린 것이다. 하지만 그것을 뮬은 간파하고 있었다. "예측 완료."라고 말하고 싶은 듯이 자루 끝에 치맛자락이 걸린 단계에서 동시에 엉덩이를 눌렀다.

그러나 뮬의 오산은 창의 명수에게 대걸레로 싸움을 걸었다는 것이리라.

살라샤는 한 수 앞을 읽고 있었다. 뮬이 엉덩이 쪽을 경계하는 것과 동시에 살짝 손을 움직인다. 그러자 봉술처럼 예리하게 자루는 엉덩이 쪽에서 앞으로 돌아들어——.

급상승했다.

뒤가 아니라 앞에서 치마가 안감을 보여줄 만큼 젖혀 올라갔다. 살라샤가 다소나마 지나쳤나 하고 반성한 것은, 가터벨트까지 드러난 뮬이 평소에는 내는 법이 없는 달콤한 비명을 연주했을 때다.

"꺄아아아아아아아아아아악?!"

급기야 대걸레를 내팽개치고 두 손으로 치마를 누르는 뮬.

앵글도 참 절묘하다……! 그 순간 그녀의 바로 정면에는 쿠퍼가 있었다. 당사자는 모르는 척하긴 했지만 소녀는 연모하는 사람의 시선에 민감한 법.

"보, 보, 보보보……?!"

크흠, 헛기침을 하고 시치미를 떼는 얼굴의 쿠퍼.

동체시력에 정평이 나 있는 그다——.

뮬은 공격의 방향을 친구에게로 척 돌렸다. 이제는 대걸레도 필요 없다. 온몸으로 달려든다. 물론 살라샤도 전력으로 저항했다.

"무슨 짓이야, 사라!"

"미우가 먼저 했잖아!"

"뭐라고?!"

"뭐가!"

그렇게 두 사람은 상대의 약점을, 다시 말해 서로의 치마를 마구 들추기 시작했다. 메리다와 엘리제도 종종 벌이는 천사끼리의 멱살잡이 같은 거다.

귀족 영애라 해도 남의 눈을 신경 쓸 필요가 없으면 이렇게 된다……. 어느 《자매》나 사정은 비슷하구나. 쿠퍼는 애틋한 마음으로 그 광경을 바라보았다.

싸움의 결말도 똑같다.

곧 두 사람은 뒤엉켜서 바닥에 털썩 쓰러졌다.

괜찮으려나……? 이쯤 되니 역시 걱정이 든다.

"아야야야……. 흐아아?!"

"뭐, 뭐야……. 어? 꺄아악!"

냉정해지는 것도 둘이 동시였다.

또다시 악마와 같은 앵글이 그들을 덮쳤다. 두 사람 다 쿠퍼 쪽에 발을 뻗는 형태로 쓰러져버린 것이다.

아래쪽에 쓰러져 있는 것은 물. 치마가 망측하게 젖혀 올라가 있지만 벌려진 두 다리를 오므릴 수도 없다. 고귀한 팬티와 선정적인 육감의 아슬아슬한 대조로부터…… 송구스럽다는 듯이 쿠퍼는 살며시 시선을 돌린다.

그렇다고 눈 둘 곳이 있는 것은 아니었다. 위아래로 거울을 보는 것처럼 살라샤가 다리를 벌리고 있기 때문이다. 덮고 있는 쪽인 그녀는 사지를 억지로 버티려고 하는 것이 문제였다. 엉덩이를 힘껏 내민 만큼 팬티가 아슬아슬한 부분까지 파고들어서──.

요컨대.

두 사람 모두 더할 나위 없는 상스러운 포즈로 《주인님》의 눈을 즐겁게 해주고 있는 셈이다.

……이런 때는 자신이 등을 돌리는 게 빠르다고 쿠퍼는 배웠다.

둥근 의자를 180도 회전시키면서 품에서 수첩을 꺼낸다.

전 지금 이성을 유지하고 있습니다, 라는 듯이 펜을 놀린다.

그의 시선이 끊어지자마자 소녀들은 황급히 몸을 일으켰다. 흐트러진 옷도 정돈하는 둥 마는 둥 새빨간 얼굴로 쿠퍼에게 따지고 든다.

"쿠쿠쿠쿠퍼 선생님, 어디를……. 뭐, 뭐를 쓰고 있는 거예요?!"

"안 돼요! 그런 엉큼한 채점은 비겁해요!"

무엇을 오해했는지 뮬이 수첩을 확 낚아챈다.

"저희에게도 소녀의 부끄러움이라는 것이…………. 어라?"

내용을 얼핏 본 뮬의 목소리가 끊긴다.

옆에서 들여다보는 살라샤도 멍하니 눈을 휘둥그렇게 뜰 뿐.

"이거는……?"

두 소녀의 무구한 시선이 수첩을 위에서 아래까지 덧그린다.

쓰여 있는 것은 다음과 같은 문장이었다──.

『편지의 분류. 한눈에 간단히 연상케 하는 것이 포인트.』

『왕궁 요리. 무리라고 단정하지 말고 가능한 범위에서 모든 방법을 다하기.』

『결투……를 바닥 닦기로. 다른 수단으로 만족시킬 수 없을지 모색한다.』

물론이지만 세 사람만의 비밀은 깨끗이 생략되어 있다.

"아이디어 리스트, 입니다."

쿠퍼는 또다시 심플하게 말했다.

거의 동시에 괘종시계에서 소리가 울린다.

오후의 여섯 번——.

평온한 음색으로 18시를 알리고 저택에 정적이 돌아왔다.

빌린 열쇠로 현관 문단속을 단단히 한다.

쿠퍼가 모자를 똑바로 고쳐 쓰고 뒤돌아보니, 메이드복에서 공작 가문 영애의 드레스 차림으로 돌아온 뮬과 살라샤가 기다리고 있었다.

다만 표정이 석연치 않다.

"이걸로 된 걸까요?"

살라샤는 특히 염려하는 모습이다.

"《대가》를 하나도 완벽히 수행하지 못하고 시간에 쫓긴 채 나와 버렸는데……. 이걸로 그랜마에게 드리는 작별 선물이 될까요?"

"……결국 무엇이 그랜마의 진짜 바람이었는지도 모르고 끝났고요."

뮬도 미련이 남은 듯한 표정이다.

그런 그녀들의 등을 쿠퍼는 두 손으로 밀었다.

대문으로 걸어가게 하면서 말한다.

"아니요, 되지 않을 겁니다."

단호하게.

두 소녀가 좌우에서 눈을 동그랗게 뜨고 쳐다보았다.

"네에……?"

"상대가 불합리한 생억지를 부릴 때는 말이죠, 두 분 다."

모자로 눈가에 그림자를 늘어뜨리면서도 쿠퍼의 눈동자가 번쩍인다.

" '왜 그런 말을 꺼냈는가?' 를 생각하는 것이 중요합니다."

"왜……?"

"왜 그랬을까요? 왜 마더 비탈라는 어린아이의 생떼로밖에 생각되지 않는 그런 요구를, 왕작 일행에게 하려고 했었던 걸까요? 맛있는 요리가 먹고 싶으면 별이 달린 레스토랑에 가면 됩니다. 피가 끓고 가슴이 뛰는 전투가 보고 싶으면 투기장에 발길을 옮기면 되고요. 편지의 분류나 청소 같은 건 자신의 하인에게 맡기면 되는데……."

살라샤와 뮬은 얼굴을 마주 보긴 했으나 아무런 답도 떠오르지 않았다.

그것을 쿠퍼도 내다보았는지 반응을 기다리지 않고 정답을 말한다.

"……노년이 되면서 그녀에게 오는 편지는 점점 줄어들고 있었죠."

한 차례 발걸음을 멈추고 저택을 돌아보았다.

이미 주인뿐만 아니라 하인 한 명 남아 있지 않다.

"가족과도 떨어져 홀로 살았었던 비탈라 부인……."

창가에 유령이라도 서 있었다면 그나마 위안이 됐을까.

아무도 없다——.

"남편분도, 오랜 지인들도 잇달아 먼저 떠나보내고, 당신도 죽을 때를 알고 있었던 거겠죠. 그런 시기에 순례 중인 왕작 일행이 '성석을 양도해주기 바란다.'라며 간곡히 부탁해온 겁니다. 그렇다면 그와 같은 여러 생억지를 부리려고 했었던 이유는, 하나."

"하나……?"

"못 가게 막고 싶었던 겁니다. 최대한 오래.《성가신 인물》로서 순례의 기록에 자신을 남겨 주길 바란 거죠. 왕작의 순례는 연극이 되니까——."

말하지 않아도 아는 일이다.

설령 왕작이 떠난 후에 자신이 죽는다고 해도…….

"잊어버리지 않아 주길."

목소리의 톤을 낮추고.

"극을 통해《이런 고약한 노인이 있었다》라고 많은 관객이 알아주길 바랐던 겁니다."

"……그랜마."

뮬은 감상에 젖었는지 눈을 감았다.

살라샤는 절박한 모습으로 몸을 내민다.

"그, 그러면 저희가 아무리《대가》를 완수해봤자……."

"마더 비탈라의 진짜 바람은 이룰 수 없다,는 얘기지요."

여전히 단호하게 말하는 쿠퍼다.

뮬은 조금 김이 빠졌는지 입술을 비쭉 내민다.

"선생님도 참 짓궂어요. 이미 알아채고 계셨던 거죠?"

"네. ──그리고, 그렇기에."

고개를 점점 숙이는 소녀들의 얼굴을.

쿠퍼의 힘찬 목소리가 위로 향하게 만들었다.

"이렇게 《아이디어 리스트》를 만들 수 있었던 겁니다."

그렇게 말하며 다시 예의 수첩을 손에 든다.

가로등에 빛이 켜진다.

두 소녀는 눈이 어지러울 만큼 빠른 전개에 농락당할 뿐이다
──.

확실한 것은 불빛에 비치는 연모하는 사람의 입가가.

씨익 하고 대담하게 치켜 올라갔다는 것.

"더비 극단 여러분에게도 책임을 지게 해주죠."

† † †

극장은 칠흑같이 어두웠다.

스포트라이트로 도드라진 것은 연극 무대.

몇 명의 등장인물이 있다.

가장 화려한 의상을 입은 남자 배우가 덜컥 무릎을 꿇었다.

"왜 그래, 벌써 끝이냐?"

그런 그를 꿇리고 있는 것은 본성이 무척이나 비뚤어졌을 것 같은 노파다.

고목 같은 한쪽 손으로 새파란 보석을 머리 위로 치켜들고 있다.

"보아라, 이것이 네가 왕이라는 증표, 고결의 사파이어란다! 갖고 싶으면 성심성의껏 내 비위를 맞춰보려무나. 아까 시킨 걸 다 했으면 이제 내 성을 번쩍이게 해 놔. 구석구석 말이야!"

"크윽……!"

도저히 왕작에게 하는 말투로 보이지 않는다. 박진감 있는 연기로 배우는 입술을 깨물었다.

엄청난 양의 청소를 마쳤더니 이어서 노파는 식사를 요구했다. 게다가 요리에 사용할 숯은 레드 드래곤 둥지에 있는 것이어야만 한다고 해서, 왕작 일행은 마음을 단단히 먹고 그것을 훔치러 간다.

호위 기사를 연기하는 배우는 더는 못 참겠다는 태도로.

"세르주 님, 저런 고약한 《마녀》가 하는 말 따위 들을 필요 없습니다!"

"제가 칼로 베겠습니다!"

기사 역할 중 한 명이 혈기왕성하게 소도구 검을 뽑는다.

그것을 주연 배우가 나무란다.

진짜 세르주와는 하나도 안 닮긴 했지만.

"안 된다. 나는 이 나라의 왕이 될 사람. 그녀도 똑같은 국민의 한 명이야——."

그렇다면, 하고 스포트라이트를 받으며 눈동자를 번뜩인다.

"도와줘야 돼."

관객석의 마담들이 녹아내리는 듯한 한숨을 쉬었다.

그중의 한 명, 쿠퍼는.

"훌륭해."

좌우에 앉은 살라샤와 뮬밖에 공감하지 않을 말을, 작은 목소리로 냈다.

더비 극단의 《세르주 쉬크잘, 왕의 길》리바이벌 공연——.

오늘 밤부터 극의 각본에 한 막이 가필되었다. 이때까지 모호하게 되어 있었던 《고결의 사파이어》를 손에 넣는 과정이 상세하게 그려지게 된 것이다. 못마땅한 표정의 더비 단장을 설복한 것은 당연히 여기 이 쿠퍼.

새로운 등장인물의 모델이 누구인지는 이야기할 필요도 없으리라…….

이윽고 극은—— 왕작 일행은 보란 듯이 장애를 극복했다. 거듭되는 왕작의 헌신에 《마녀》가 결국 마음을 고쳐먹은 것이다. 마지막에는 무릎을 꿇으면서 고결의 사파이어를 헌상했고, 환하게 웃는 얼굴로 여행을 떠나는 왕작을 자신의 성에서 배웅한다.

"고마워요! 그럼 다음 여행을 다녀오겠습니다!"

"다녀오시게! 여기, 그랜마가 주는 작별 선물이라오!"

전부 들 수도 없을 만큼 산더미 같은 과자를 일행의 팔에 억지로 떠맡기고——.

끝까지 《어려운 일》만 시킨다며, 호위 기사들은 흘러넘치는 과자를 품에 안으며 어이없는 웃음을 터뜨렸다. 관객의 시선도, 스포트라이트도 의기양양하게 나아가는 왕작 일행의 모습을 좇았다.

그렇지만 회장에서 오직 세 사람. 쿠퍼와 살라샤와 뮬만은.

다른 사람들이 보는 반대편을 보고 있었다.

조금씩 무대 옆으로 내려가는 노파의 모습을.

쭈글쭈글하고, 덧없고, 하지만 만족스러운 미소가 어둠에 녹을 때까지——.

조용히, 지긋이 바라보았다.

——순조롭게 공연이 끝나고.

극장 밖에서 쿠퍼 일행 세 사람은 여운에 잠겨 있었다. 지금은 소리 높이 감상을 노래하기보다 차분히 마음속에서 품고 싶다……. 누가 먼저 말을 꺼내지도 않고, 그들은 인기척 없는 수로 근처를 선택해 걷고 있었다.

좀 지나서 살라샤가 뒷짐을 진 채 말한다.

"고마워요, 쿠퍼 선생님."

그리고 갑자기 당황한 것처럼 손을 앞으로 하고 깍지를 끼며.

"아, 아니라…… 주인님."

아직도 그 놀이가 계속되는 중이었나 싶어 쿠퍼는 쓴웃음을 띤다.

여봐란듯이 공손하게 쿠퍼는 인사를 한다.

"힘이 되었다면 영광으로 생각합니다."

"지, 진짜, 놀리지 말아 주세요……!"

"참."

뮬도 빙그르르 돌고서 친구와 팔짱을 끼며 옆에 나란히 선다.

"그랜마가 가르쳐주신 대로, 일을 했으니 《대가》를 받아야겠어요."

"말씀인즉슨?"

"허리 좀 살짝 굽혀주세요——."

그때, 뮬과 살라샤가 시선을 힐끗 주고받은 것을 물론 쿠퍼는 알아챘지만.

공작 가문 영애의 분부라면, 하고 간단히 상체를 굽혔을 때는 이미 늦었다.

교대로 까치발을 하면서 소녀들이 양쪽 볼에 입술을 쪽, 맞추는 것이 아닌가.

달콤하고 뜨거운 감촉이 도망칠 곳 없는 쿠퍼를 감쌌다——.

어떻게 봐도 둘이 미리 입을 맞춰 놓은 것 같은 느낌이 드는데…….

소녀들이 ""꺄아아악~."" 하며 몸을 돌려 뛰어가고 나서야 쿠퍼는 그 사실을 깨달았다.

어쩔 도리가 없어 이마를 누른다.

"……두 분 다, 즐기고 계시는군요?"

살라샤는 새빨갛게 부끄러워하면서 뒤돌아보았다. 뮬은 입술에 집게손가락을 대고서 가볍게 쪽, 하고 뗀다.

"——언제고 당신과 있으면 즐겁기 그지없답니다?"

"정말이지……. 잘 들어주십시오. 두 분 다. 오늘은 정말 철저하게 가르쳐 드려야겠습니다. 자신의 신분과 그에 걸맞은 행동거지를——."

"큰일이에요! 이제 곧 열차가 떠나요, 주인님."

"주인님이 밤새도록 벌을 주신다고요? 서둘러야겠네!"

"이봐요, 잠깐만, 살라샤 님, 뮬 님. 제 말 듣고 있습니까——."

들을 생각이 없는 요정들의 발걸음을 쿠퍼는 구시렁거리며 재촉한다.

——정말 이상하다. 오늘은 가정교사 임무 시간 외이건만.

소녀들의 짓궂은 마음은 어느 때고 간에 쿠퍼를 표적으로 삼고 있다는 것일까?

아니, 대체 왜, 그렇다고 해서.

나쁘지는 않다——.

나쁘지는 않다고.

자신의 입술이 저절로 벌어져 있음을.

평온한 밤에 휩싸이며 쿠퍼는 깨달았다.

CLASSROOM : Ⅳ ~야음의 추구(追驅)수업~

훨훨 내려오는 무언가가 시야에 들어왔다.

천사의 깃털——이라는 표현은 어울리지 않을 것이다.

《그것》은 검으니까.

칠흑의 메모지였다.

쿠퍼 방피르는 시야를 가로지르는 그것을 잽싸게 움켜잡는다.

검은 메모에는 하얀 잉크로 이렇게 쓰여 있었다.

『재회의 숲에서 기다린다.』

다 읽기를 가늠하고 있었던 것처럼 발화.

메모지는 저절로 불꽃에 휩싸이고 재가 되어 사그라져 없어졌다…….

"마디아인가……."

쿠퍼는 놀라지 않았다.

성 프리데스위데 여학원 건물을 잇는 복도. 방과 후인 지금은 여학생들이 클럽 활동에 매진하거나 자습에 힘쓰고 있을 무렵이다. 한편 쿠퍼는 뭔가 용건이 있다는 메리다 아가씨가 귀가하기를 기다리고 있었다.

그렇게 그가 홀로 남은 틈을 골라 메시지가 날아온 것이다.

어디선가 나타나고, 신기루같이 사라지는 검은 메모지——.

이처럼 기괴한 전달방법을 사용하는 것은 프란돌이 넓다 해도 한 명밖에 없다. 바로 첩보조직 백야 기병단 소속의 에이전트이며, 성 프리데스위데에 《라클라 선생》이라는 가짜 신분으로 잠입 중인 블랙 마디아다.

《쿠퍼 선생》에게 볼일이 있다면 복도에서 당당히 말을 걸면 된다.

하지만 그러지 않고 학원 안에서도 유달리 인기척이 없는 장소를 지정했다…….

요컨대 블랙 마디아로서 쿠퍼의 《또 하나의 얼굴》에게 볼일이 있는 것이리라.

같은 백야 소속 에이전트로서———.

"드디어 이때가 왔군……!"

쿠퍼는 허리에 찬 검은 칼의 위치를 확인하고서 칼집을 한 번 세게 쥔다.

놀라지는 않았다.

조만간 그녀와는 칼을 맞대게 되리라는 예감이 있었으니까.

여하튼 최근 쿠퍼는 에둘러 백야의 의향을 거스르는 경우가 잦았다. 엄연한 암살 대상인 메리다와의 거리감도 날이 갈수록 줄어들고 있는 느낌이 든다. 아니, 그녀뿐만 아니라 그 사촌 자매 엘리제, 가정교사 동료 로제티. 공작 가문 일족인 뮬에 살라샤와 그 오빠 세르주와도 친분을 돈독히 하고 있다……. 솔직히 말하자. 현재 자신은 암살자와 가정교사, 어느 쪽이 진짜 얼굴인지가 역전되다시피 했다.

결정타는 연초에 날아들었던 어느 지령이다.

『범죄조직을 괴멸시키기 위해서 백야의 사도여, 총집합하라』

그 소집을 쿠퍼는 거역했다.

《메리다의 가정교사》라는 입장을 가장 중요시하고 싶었던 까닭에──.

결과적으로 그 판단은 주효했을지도 모른다. 백야 기병단이 자리를 비운 동안 당시 왕작이었던 세르주 쉬크잘이 손 쓸 틈도 없이 혁명을 일으켰고, 쿠퍼는 단 한 명 남은 백야의 기사로서 암약할 수 있었으니 말이다.

하지만 명령 무시는 명령 무시.

혁명의 뒷수습으로 인해 잠시 프란돌 전역 여기저기가 혼란하였지만…….

흐지부지하게 넘어갈 생각은 없다, 는 뜻이겠다.

마침내 쿠퍼에게 처단이 내려지는 걸지도 모른다.

우려하고 있었던 그 순간이 온 것이다.

쿠퍼는 구두 끝을 마디아가 기다린다는 장소 쪽으로 돌렸다.

자신도 할 말은 있다! 이 재단(裁斷)의 때를 상정하여 사전에 필적할 양의 시뮬레이션을 머릿속에서 반복해 왔다. 어떻게든 변명해 넘어가리라……! 상대의 논조를 굴복시켜 메리다의 가정교사 신분을 지켜내는 거다.

접선 장소로 학원 내 숲을 지정한 것도 다 노리고 그런 걸까.

쿠퍼와 마디아가 오랜만에 재회한 곳이 바로 거기였다.

약 1년 전 있었던 루나 뤼미에르 선발전……

그때도 쿠퍼는 조직에 대한 충성을 의심받고 있어서 마디아와 일전을 주고받았다.

결판이 나지 않았던 그 사투의 결말을 내기를 그녀는 바라고 있을지도 모른다.

듬성듬성한 나무들 건너편에, 작은 체구의 실루엣이 우두커니 서 있었다──.

학원 강사의 모습을 한 라클라 마디아 선생.

그 정체는 잠입과 변장의 프로페셔널, 블랙 마디아……

등을 돌리고 있다.

무기는 속에 숨기고 있을 것이다.

접근 중임은 알아챘을 터이므로 쿠퍼는 말을 꺼냈다.

"나 왔어."

머리 위의 나뭇가지 끝에서 검은 메모가 한 장 휠휠 내려온다.

『애타게 기다렸어.』

다 읽을 틈도 없이 불탄다.

활활 탄다.

뿜어져 나오는 강렬한 열기가, 쿠퍼의 지적이고 수려한 얼굴을 밑에서 비추었다.

무시무시한 기력이다……!!

말 그대로 숙적의 방문을 목이 빠지도록 기다리고 있었던 것이리라. 극한에 다다른 긴장감이 공기를 파열시킬 것 같다. 쿠퍼는 예상보다 일찍 경계 레벨을 끌어올렸다. 어쩌면 마디아는 죄상을 낭독하지도 않고 곧장 기요틴을 쳐들 생각인지도 모른다.

──아무런 조짐도 없었다.

마디아가 날카롭게 발길을 돌리는 것과 쿠퍼의 왼손이 칼집을 꺼내는 것이 동시.

화살같이 돌진해오는 상대에게 쿠퍼는 흐르는 물처럼 매끄럽게 칼자루를 쥐고──.

뽑지, 못했다.

몸이 경직된다.

그 사이에도 마디아는 전력으로 질주하여 쿠퍼의 몸통을 꿰뚫는 듯한 태클을 날렸다.

투웅……. 작은 체구만큼 충격 또한 가벼웠다.

……충돌 직전 쿠퍼가 칼을 뽑는 데 주저한 것을 누가 비난할수 있을까? 쿠퍼의 가슴팍에 돌격해온 마디아는 그길로 군복이구겨질 만큼 세게 움켜쥐고, 부끄러운 줄도 모르고 코를 픽픽훌쩍이면서.

"도와줘."

……엉망이 된 얼굴로 울고 있는데.

† † †

"──그러니까."

손수건 한 장 없었던 그녀의 눈앞에 손수건을 내밀면서 쿠퍼

가 말한다.

마디아는 됐다는 시늉도 없이 눈물범벅이 된 얼굴을 손수건에 묻었다.

"학원의 네 방에 도둑이 들었다고?"

"……훌쩍."

코를 훌쩍이는 소리로 대답을 대신한다.

물건을 잃어버리고 우는 모습은 영락없는 어린아이지만——.

사태는 꽤 심각한 모양이다.

성 프리데스위데의 강사들은 학원에 숙소가 있다. 한 명 한 명에게 교실과 인접한 개인실이 주어진다. 그들에게는 제2의 집이나 마찬가지……. 당연히 타인이 쉽사리 출입할 수 없는 개인적인 공간이다.

그곳에 누군가가 침입한 흔적이 보였다고——.

마디아의 개인실에서 귀중품을 빼앗아 갔다고 한다.

쿠퍼는 이마를 누르지 않을 수 없었다.

"원래는 우리 백야가 《잠입하는 측》이건만……. 웃기지도 않는군."

"어, 어쩔 수 없잖아! 한동안 학원을 비웠으니까!"

"아아……. 그랬지."

무슨 말인가 하면, 쿠퍼가 불응한 백야 기병단의 소집 명령 이야기다.

마디아는 한 달쯤 학원을 떠나 있었다. 게다가 그동안에 세르주 쉬크잘의 혁명이 일어나서 성 프리데스위데에도 워울프족

사자가 찾아와 강권을 휘두르는 등 몹시 혼란스러웠다.

마디아의 방에 도둑이 든 것도 그 시기일까…….

당시라면 학생들도, 강사도, 아무도 알아챌 수 없었을 것이다.

울다 지친 마디아는 풀이 죽었는지 고개를 숙였다.

"……아까 겨우 상황이 진정돼서 짐 정리를 하고 있었어. 그랬더니 내 부재중에 누군가가 방에 들어온 흔적이 나온 거야……. 혹시나 해서 귀중품을 확인했더니, 아니나 다를까…………."

"뭘 도난당했는데?"

"《기억할 수 없는 얼굴》 막시무스."

고유명사다. 쿠퍼는 말문이 막혔다.

세계에 둘밖에 존재하지 않는 초초초 희소품이다.

"하필이면 그걸……?! 아버지에게 야단맞는 정도론 안 끝난다, 너…….."

"으구…………."

어깨를 움츠리고 신음할 수밖에 없는 마디아다.

──그것은 언뜻 보기에 별로 특별한 것도 없는 목제 가면이다.

특징이 없는 것을 특징이라고 할 수 있을까.

그런데 정말로 그것이 특칭이었다.

그것은 전 세계에 존재하는 가면의 《거푸집》이다. 그 가면을 토대로 온갖 얼굴 조형을 재현할 수 있다. 그렇다── 마디아가 타인으로 변장할 때, 얼굴 생김새까지 빼다 박을 수 있게 하는 피부 모양의 마스크는 바로 이 가면으로 만들어진다.

특징이 없는 《제로》이자, 동시에 《무한대》의 얼굴로 변할 수 있는 것.

때문에 《최대한》이라는 의미가 붙은 마스크, 막시무스.

그것을 잃어버렸다…….

요컨대 변장의 엑스퍼트였던 마디아는 이제 누구로도 변하지 못한다. 백야 기병단에서 《블랙 마디아》의 존재의의가 사라진다.

그뿐만 아니라 만약 적대조직의 손에 막시무스가 넘어갔다면…….

"자칫하면, 아니—— 최소——."

"으윽……."

"숙청은 면할 수 없겠지."

"최소가 숙청."

그래서 마디아는 아까부터 이렇게 망연자실하여 울고 있는 거다.

혼자서는 이러지도 저러지도 못해서 쿠퍼에게 도움을 청하러 온 거다——.

"……도둑질이 가능한 녀석은 한정되어 있어."

마디아는 코를 훌쩍이면서도 꿋꿋하게 말했다.

"이 학원의 학생이나 강사가 확실해! 남자는 출입 금지인 성 프리데스위데에 아무도 모르게 잠입해 내 방에서 물건을 가지고 나오는 건 외부인에겐 불가능이야!"

"흐음."

"부탁해."

마디아는 양손으로 깍지를 끼고 쿠퍼를 올려다보았다.

커다란 눈동자에 눈물을 가득 머금고.

"협력해줘."

또 울먹이는 목소리로…….

쿠퍼는 일단 뒤를 돌아보았다.

아무도 보이지 않는 숲의 안쪽을 노려본다──.

그리고 다시 마디아에게 돌아섰다.

"──어쩔 수 없군."

"어, 진짜?!"

"……왜 그렇게 놀라."

"그, 그게, 난."

다짜고짜 불러낸 주제에 갑자기 미안한 것처럼 행동한다.

"지금, 수중에 돈이 별로 없어서……."

"군것질하느라 다 썼겠지. 오른쪽의 슈크림 가게가 잡지에 실리면 줄을 서고, 왼쪽에 한정 과자가 발매되면 세 배 값을 내고 사더니만──."

"으ㄱㄱ구……."

이제는 신음밖에 하지 못하는 그녀에게 쿠퍼는 탄식한다.

중얼거리듯이 말했다.

"금전 문제가 아니야. ……우리는 백야에 들어왔을 때부터 쭉 붙어 자라왔어. 훈련에서 어깨를 나란히 한 적도 일일이 셀 수 없을 정도야. 언제 처분당해도 이상하지 않은 환경 속에서, 그래도 서로 은연중에 힘을 빌려주면서 살아남아 왔지."

"……응."

"일반적이지는 않을지도 모르지만."

엉뚱한 데를 바라보고.

"……그런 걸 두고 《형제》라고 하는 거 아닌가."

"잘 모르겠는데."

"나도 몰라."

쿠퍼는 자신의 손바닥을 쳐다보았다.

지금은 그 금발의 주인과 잡는 것이 당연해진 손바닥을———.

꾸욱 쥔다.

"아직 한창 배우는 중이야."

"요컨대 도와주겠다는 걸로 이해하면 될까?"

"그래. ——범인으로 짐작 가는 자는 있는 거야?"

그렇게 묻자, 마디아의 눈동자에 활력이 되살아났다.

티 없는 얼굴로 영악하게 웃는다.

"《왜 훔쳐냈는가》를 생각하면 저절로 보이기 시작하는 게 있어. 큰돈이 목적이라면 지금쯤 막시무스는 세상에 알려져서 세간은 야단법석일 거야. 하지만 그렇게는 되지 않았어. 훔친 마스크를 밑천으로 해서 뭔가 내게 손을 쓰려는 거겠지."

"일리 있네."

"그렇게 보면 이 학원에 있는 몇백 명의 여학생과 강사들 중에서 마스크를 훔칠 동기가 있는 자는 고작 몇 명으로 좁혀지는 거지——."

† † †

성 프리데스위데 여학원에는 꽃이 많다.

미로가 그렇고, 온실이 그렇고, 허브 식물원이 그렇고——

혹은 그 주위에서 뛰노는 앳되고 순진한 여학생들이 그렇다.

그 꽃밭을, 나비의 날개처럼 의상을 나부끼며 걷는 소녀가 있었다.

로제티 프리켓이다——.

산울타리 뒤에서 그런 그녀의 뒷모습을 마디아와 쿠퍼가 쳐다보고 있다.

쿠퍼는 검은 군복을 산울타리 녹음에 숨기면서 회의적인 음성을 발하지 않을 수 없었다.

"로제가?"

쿠퍼의 턱 아래에서 마디아의 머리가 "응." 하고 끄덕인다.

"녀석이 제1 용의자야……!"

"왜 하필?"

"범인의 동기를 생각해봤어."

마디아는 그럴듯하게 집게손가락을 척 세워 보인다.

"막시무스를 훔쳐서 나를 어떻게 몰아넣을 속셈인가? —— 아마도 내가 변장술을 사용한다는 사실을 폭로하고 싶은 거겠지. 예전에 이 학원을…… 루나 뤼미에르 선발전을 습격한 《검정 살인마》의 정체가 나라고 밝히고 싶은 거야."

"아아……."

"그 당시 접촉한 상대는 많지 않아."

마디아의 눈빛은 로제티의 등을 찌를 듯이 응시하고 있었다.

"저 빨간 머리와는 직접 붙기까지 했으니 말이지……. 나와 《검정》의 공통점을 알아채더라도 전혀 이상할 게 없어. 게다가 저 녀석은 최연소로 성도 친위대에 입대한 엘리트야. 내 방에서 숨겨진 보물을 찾아내는 작업도 간단히 해치우겠지."

"이건 내 감인데."

일단 단서를 걸면서 쿠퍼는 말한다.

"로제는 범인이 아닐 거야."

"그건 모르는 거 아냐!"

"뭐, 확인해보는 것도 괜찮지만……."

협력하겠다고 말한 게 있으니 쿠퍼는 일단 마디아의 방침에 따른다.

그런데 그 방법은?

"미행이야."

로제티의 발걸음에 맞춰 마디아는 그늘에서 그늘로 이동한다.

"저 녀석은 항상 빈손으로 등교하고 있어. ……정확히는 사유물을 교실에 두고 다니고 있는 것뿐이지만……. 아무튼! 적어도 요 며칠, 마스크를 집에 가지고 돌아간 듯한 낌새는 없어."

"흐음, 확실히."

"학원 어딘가에 숨기고 있는 거야. 저 녀석의 뒤를 쫓아 그것을 찾아내겠어!"

쿠퍼는 어깨를 으쓱했다.

"그래서 나를 부른 거군."

미행은 여럿이서 하는 것이 바람직하다.

《대상에게 수상히 여겨지지 않는 것》이 철칙이니 말이다. 적당히 거리를 두어야 한다. 수상히 여겨질 것 같으면 미련 없이 떨어져야 한다.

그리고 떨어지지 않을 수 없게 됐을 때는 동료에게 임무를 인계하는 것이다.

대상을 놓치지 않기 위해서도 모든 각도에서의 시선이 필요해진다…….

"우선 내가 저 녀석의 뒤를 쫓을게."

작전의 주도자는 말할 것도 없이 마디아다.

티 없는 목소리로 그러나 냉철히 지시를 내린다.

"너는 가는 곳마다 앞질러 가서 슬며시 대기하고 있어 줘. 교대 신호는…… 훈련할 때 사용했었던 제스처면 되겠지."

"알았다."

잽싸게 이야기를 정리하고 쿠퍼는 지면을 박찬다.

소리도 없이 날아오른 그림자가 나뭇가지 끝에 빨려 들어갔다 ──.

마디아는 산책하는 척을 하며 후방에서 이동.

그리고 쿠퍼는 기척을 완전히 죽이고 대상의 시야 밖에서 지켜보는 것이다.

로제티는 어디로 향하는 걸까…….

산책의 목적지는, 오픈 카페인가?

성 프리데스위데 명물의 하나로 꼽힐 만큼 맛있는 쿠키를 파는 곳이다.

메리다와 엘리제의 하교 준비가 끝날 때까지 군것질 배를 채울 셈일지도 모른다. 그녀가 케이크를 덥석덥석 먹는 광경을 쉽게 상상한 쿠퍼는 날카롭게 나뭇가지를 휘게 만들며 도약한다.

나무에서 나무로, 소리도 형체도 없이 날아 로제티를 앞지른다.

그리고 한발 먼저 오픈 카페에 도착하는 것이다. 낯익은 웨이트리스에게 카늘레와 홍차를 주문하고 테이블 하나에 자리 잡는다. 옆의 허브 식물원에서 날아오는 청량한 바람을 만끽하고 있자 산책길 끝에서 나비 같은 소녀가 나타났다.

마침 웨이트리스가 주문한 것을 가져온다.

쿠퍼는 홍차의 감귤 계통 향을 즐기는 척했다.

길로는 얼굴을 돌리지 않는다.

로제티는 카운터 앞에 접어들고——.

그대로 지나갔다.

이게 무슨 일인가! 많은 여학생이 저도 모르게 발길을 향하게 만드는 쿠키의 달콤한 향에 승리한 것이다! 그녀의 목적지는 오픈 카페가 아니었다.

그런 참에—— 몇 초 후에 같은 길을 걸어온 마디아로부터 신호가 왔다.

『교대하자.』

핸드 사인으로 간결히 사정을 들은 바에 의하면 로제티가 한 차례 뒤돌아보는 모습을 보였다고 한다. 이대로 계속 뒤를 따라 걷고 있으면 《수상히 여겨진다》.

따라서 마디아는 쿠키의 유혹에 넘어간 척을 했다.

길을 벗어나서 카운터에 들러 주문하는 것이다. 그와 교대로 쿠퍼는 카늘레를 한입에 볼이 터지도록 넣고 홍차로 넘겼다.

자리에서 일어난다.

이번엔 쿠퍼가 산책하는 척 로제티의 뒤를 쫓는다. 마디아도 즉시 차를 들이켜고 시야 밖에서 타깃을 관찰할 것이다.

그런데 로제티는 정말 어디로 향하는 걸까?

적당히 거리를 두면서 쿠퍼는 눈살을 찌푸린다.

모퉁이에서 그녀는 방향을 바꿨다. 그 망설임 없는 뒷모습에 쿠퍼는 《목적》을 감지한다. 가야만 한다, 라는 의사가 그녀의 발걸음을 확실하게 만들고 있다.

여학생들이 모이는 교사나 떠들썩한 정원을 벗어나 부지 안쪽을 목표로 하고 있는 것 같다.

그쪽에는 연무장이 있을 텐데……

엘리제와 메리다가 훈련을 하고 있지는 않다.

대체 무슨 용건이?

신중하게 그늘에 몸을 숨기자 마디아가 쿠퍼의 뒤를 따라붙었다.

양쪽 볼을 빵빵히 하고 입을 우물거리고 있다.

"드디어 냄새가 나기 시작했군……!"

"부스러기가."

이런 일도 있을까 해서 준비해둔 두 번째 손수건으로 마디아의 입에서 케이크 부스러기를 닦아주는 쿠퍼.

　카페에 들른 것은 단순한 위장이었을 텐데?

　"아니, 그."

　뺨을 우물우물 꿈틀거리며 만족스럽게 삼키는 마디아.

　"신작이 두 종류나 나와 있어서……."

　"놓치게 생겼어."

　"아얏, 안 돼!"

　어느새 로제티의 뒷모습이 다시 모퉁이로 접어들고 있었다.

　나비의 날개를 연상케 하는 의상 끝자락이 건물 뒤로 사라진다. 마디아는 그늘에서 뛰쳐나갔다.

　바로 그때.

　그야말로 노린 것 같은 타이밍에, 모퉁이 반대쪽에서 여학생 집단이 발을 맞춰 달려온 것이다. 맞춰 입은 트레이닝복을 입고 ── 조깅 중인 모양이다. 그야말로 완벽하게 마디아의 앞길이 가로막힌다.

　한 박자 늦게 뒤쫓아온 쿠퍼도 이 화사한 인간 울타리 앞에는 어쩔 도리가 없다.

　"어머, 쿠퍼 선생님에 라클라 선생님!"

　여학생으로서는 학원의 인기인과 딱 마주친 것이다.

　조깅을 중단하고 일제히 두 사람을 에워쌀 수밖에 없었다.

　"무슨 일이세요?" "이미 퇴근하신 줄 알았는데." "혹시 클럽 활동 견학을?!" "라클라 선생님이 고문이 되어주신대!"

이야기도 듣지 않고 북새통을 만드는 학생들에게는 마디아도 목소리를 높이지 않을 수 없었다.

"이봐, 너희는 왜——이런 곳에서 뛰고 있는 거야!"

"왜긴요, 클럽 활동이에요."

여학생들은 건강한 땀을 흘리고 있었다.

"저희는 《스트러글 매치》 정예선수예요!"

쿠퍼도 숨이 멎을 정도로 가득한 꽃향기에 휩싸여서 고개를 끄덕인다.

"확실히. 방과 후면 열심히 연습하고 계셨지요."

"이제 곧 교류전이 있거든요!"

"질 수는 없어요."

마디아는 있는 힘껏 양손을 치켜들어 저항했다.

"알았으니까——그건 됐으니까——지금은 길이나 비켜줘!"

강아지처럼 여학생들의 포위에서 기어 나온 마디아는 쏜살같이 뛰었다.

당연히 로제티의 모습은 이미 보이지 않았다.

마지막으로 그녀를 본 모퉁이까지 이르렀지만 거기서 발자취는 끊어져 있다.

꼼꼼히 좌우로 얼굴을 돌려봐도 마찬가지다.

놓치고 말았다!

"젠장, 어디로 갔지?!"

"——이보세요, 라클라 선생님. 아까부터 뭐 하고 있는 거야?"

목소리는 마디아의 머리 위에서 들려왔다.

움찔, 가냘픈 어깨가 튀어 오른다.

딱딱한 움직임으로 올려다보니…….

아아, 이게 무슨 일이람. 연무장 발코니에서 로제티가 이쪽을 내려다보고 있지 않은가. 아마 모퉁이를 돈 직후에 뛰기 시작해 건물을 올라가 매복하고 있었던 모양이다. 뒤에서 끈질기게 쫓아오는 불한당들을…….

몇 초 늦게 쿠퍼도 따라 나타났다.

이쪽은 특별히 당황한 기색도 없다.

"여어, 로제, 역시 눈치채고 있었군요."

"눈치랄까—— 안면이 있는 사람이 말도 걸지 않고 계속 주위를 서성거리고 있으면, 뭐 하고 있는 건가 싶은 게 당연하잖아."

"지당합니다."

타깃이 얼굴을 알고 있는 시점에서 미행은 성공할 턱이 없었다…….

하지만 여기까지 오고도 마디아는 단념하지 못했다.

소매 끝이 구겨질 만큼 움켜쥐고 발코니를 험악하게 올려다본다.

"야, 야, 프리켓! 이런 곳에 무슨 용건이 있어서 온 거야? 수상해……. 뭔가 중요한 물건을 숨기고 있는 건 아니겠지!"

"응? 딱히 용건 같은 건 없는데."

"뭐라고………."

"라클라 선생이랑 쿠퍼가 왠지 수상해서 말이지. 일부러 인기척 없는 쪽으로 향하는데도 계속 따라오니까, 뭔가 용건이 있구나~ 싶어서."

마디아는 결국 풀썩 무릎을 꿇고 고개를 떨궜다.

······순서가 반대였다.

수상하게 움직이는 타깃을 바싹 뒤쫓고 있었던 것이 아니라.

마디아와 쿠퍼 쪽이야말로 수상했기 때문에 진상을 추궁하려고 일부러 인기척 없는 곳으로 유인한 거였다니······.

가끔 여학생들에 섞여 수업이나 클럽 활동을 휘젓는 로제티라면 방과 후 클럽 활동 시간대에도 빠삭할 게 틀림없다.

감쪽같이 걸려든 셈이다.

이제 목소리도 안 나오는 마디아를 대신해 쿠퍼가 묻는다.

"그런데, 로제. 최근에 라클라 선생의 방에서 어떤 물건을 가지고 나왔다든가 한 적 있습니까?"

"그런 짓 안 해요~."

"그렇겠죠."

쿠퍼는 미련 없이 마디아를 돌아보았다.

"그런고로 다른 짐작이 가는 데를 알아보죠."

"너희의 그 불가사의한 신뢰감은 대체 뭐야······."

몹시 지친 목소리로 간신히 그것만을 대꾸하는 마디아였다.

† † †

첫 조사가 수포로 끝나고 두 사람은 다시 오픈 카페로 되돌아왔다.

쿠퍼는 컵의 손잡이를 집고 홍차 두 잔째를 만끽한다.

"그러면 라클라 선생. 우린 이제 다음으로 짚이는 사람을 알아봐야 하는데……."

"음."

"정말로 이쪽 분이 맞는 겁니까?"

"틀림없어."

자신만만하게 가슴을 불끈 펴는 마디아.

무슨 말인가 하면, 일단 같은 티 테이블에 어느 여학생 그룹이 앉아 있다.

……정확히는 티타임을 즐기고 있었던 그녀들에게 예고도 없이 몰려가서 우당탕탕 테이블 일각을 점거한 거지만.

피해자는 네르바 마르티요를 필두로 한 네 자매(블루멘)들.

느닷없이 테이블 한편으로 내밀려서 어리둥절해 하기도 하고, 수상해 하기도 하고, 아무튼 고슴도치같이 반항적인 눈매를 하고 있다.

쿠퍼는 마디아에게 슬쩍 귓속말을 했다.

"……네르바 님이 용의자? 왜?"

"사실을 말하면 말이야."

마디아도 입가에 손을 대고 속삭여서 대답한다.

"마르티요는 내가 그 선발전을 습격한 《검정》이라는 사실을 알고 있어."

"아아, 하기는…… 듣고 보니."

"후드를 쓰고 선발전에 나타난 나, 그리고 후드를 벗고 정체를 드러낸 나── 그 양쪽의 모습을 목격한 유일한 인물이야."

마디아가 이 성 프리데스위데 교직에 오르게 된 계기이기도 하다.

일찍이 메리다를 둘러싼 음모로 인해 학원을 여명 희병단(길드 그림피스)이라는 범죄자가 습격한 적이 있다.

쿠퍼도, 로제티도, 블랑망제 학원장을 필두로 한 강사진도 모두 부재한 타이밍을 노리고 말이다.

학원에 남겨진 여학생들만으로는 반격할 수 없어 까닥하면 사망자마저 나올 수 있는 위기였다.

따라서 어쩔 수 없이…… 직원(시스터)으로 변장하여 잠입하고 있었던 마디아가 정체를 드러내고 여학생들을 지키기 위해서 분투했다.

바로 그때 《검정》에서 마디아가 되는 순간을 들켰다.

루나 뤼미에르 선발전의 출장자이기도 했던 네르바는, 그 《검정》이 후보생들에게 칼을 들이댔던 것을 알고 있다.

……생각해보면 용케 풍파가 일지 않고 끝났다.

마디아는 "흐흥." 하고 얄팍한 가슴을 쫙 편다.

"나는 아주 우수한 강사이고 학생들한테도 그럭저럭 인기 있으니까 말이야. '저 녀석은 나쁜 놈이에요!'라고 소란 피워봤자 누구도 상대해주지 않으리란 걸 알고 있는 거지."

"……그냥 빨리 잊어버리고 싶은 것뿐인 듯한 기분이 드는데."

"하지만 《증거》가 있으면 이야기는 달라. 이 녀석은 기어이 그것을 손에 넣은 게 틀림없어."

진위는 어떨까, 하고 쿠퍼는 어깨를 으쓱한다.

마디아는 확실히 여학생들의 아이돌이지만 네르바 그룹이 그 추종자에 가담하는 일은 없다. 그러기는커녕 마디아를 피하는 듯한 인상마저 있다. ……《무서워하고 있다》라고 하는 편이 옳을지도 모른다.

무서울 만하지만.

네르바는 자신을 지키듯이 팔짱을 끼고 강경하게 따졌다.

"잠깐만, 대체 뭐예요? 갑자기 남의 티타임에 끼어들고."

"매너 위반이에요."

그녀의 측근도 원호 사격을 날린다.

쿠퍼는 트레이드마크인 젠틀맨 스마일로 맞받아쳤다.

"용서해주세요, 여러분. 라클라 선생님이 무슨 일이 있어도 이야기가 하고 싶다고 해서."

"이, 이야기?"

네르바는 안절부절못한 모습으로 컵을 들고 입가를 가렸다.

"……다, 다음에 해주시겠어요? 저희는 숙제가……."

"뭘 그렇게 빼고 그래, 마르티요."

마디아의 태도는 차분했다.

웨이트리스를 불러서 과자를 듬뿍 주문한다.

그리고 홍차도 사람 숫자만큼 리필을 부탁했다.

"그냥 수업 이야기야. 너흰 내 수업 때면 항상 연무장 구석으로 가버려서 제대로 봐주지 못했으니까 말이야. 그게 계속 마음에 걸렸어."

"어, 어머……. 죄송합니다."

"어때? 수업에서 애를 먹는 부분은 없어?"

뜻밖에도 정상적인, 강사다운 언변이다.

네르바 그룹 네 명은 서로를 마주 보았다.

곧 한 명이 손을 든다.

"가끔 목소리가 잘 안 들리니 고집부리지 말고 발판을 써주셨으면 좋겠어요."

"뭐라고…………."

한순간 발끈할 뻔한 마디아를 쿠퍼는 즉각 말렸다.

무리도 아니다……. 학생보다 연하인 그녀는 키가 작아 쉽게 가려지곤 하니까.

마디아는 관자놀이를 움찔움찔 떨면서도 어찌어찌 일어나지 않고 참았다.

"서, 서, 선처하지……."

갓 구운 과자가 나왔다——.

접시 끝이 서로 포개질 정도로, 테이블 밖으로 비어져 나갈 만큼 양이 어마어마하다.

그리고 전원의 컵에 홍차가 쪼르르 부어진다.

마디아는 "크흠." 헛기침을 하고 컵을 들었다.

"——여러분의 노력을 기리며."

쿠퍼도 가볍게 컵을 들고 나서 입가에 옮긴다.

네르바 그룹도 조심조심 응하는 한편 다소 당황스러워한다.

"저희의…… 노력?"

"내 수업에서 많이 못 봐도 알고 있어, 마르티요. 글래디에이터로서의 네 우수함은 말이야——. 시합 때 보이는 대담하고도 공격적인 전투는 훌륭해. 내 취향이기도 하고."

"어, 어머……."

네르바는 조금 전과 비슷한 동작으로 컵으로 입가를 가렸다.

그러나 다른 의미로 볼을 붉게 물들이고 있다.

여기서 트윈 테일을 훌렁 쓸어올리는 것이 그녀답다고나 할까.

"그, 그거 가지고——아직——칭찬받을 정도는 아니에요."

"후훗, 믿음직할 따름이군."

놀리는 것 같은 말에 더욱더 얼굴을 붉히는 네르바.

네르바는 얼버무리듯이 호두 타르트를 입안 가득 넣었다.

세 명의 친구들도 각자 좋아하는 과자에 손을 뻗는다.

옆의 허브 식물원으로부터는 속이 개운해지는 바람이——.

부는 장면에서 마디아가 날카롭게 추궁한다.

"그런데 마르티요, 너 숨기는 거 있지?"

"쿨럭?!"

성대하게 사레가 들린 네르바.

좌우의 자매들이 허둥지둥 홍차를 내밀면서 그녀의 등을 문지른다.

측근 한 명은 눈살을 찌푸렸다.

"네르바 님이 숨기는 게 있다고……?"

"그래. 마르티요는 자매인 너희들에게도, 같은 반 친구들에게도, 블랑망제 학원장님에게도 비밀로 하고 있는 것이 있어.

그렇지?"

네르바는 몇 번이고 소녀답지 않은 큰기침을 하여 숨을 가라앉혔다.

그리고 새침한 얼굴로 자세를 바로잡는다.

"무슨 말인지 모르겠어요."

시치미 뗄 셈인가…….

마디아는 헌터 같은 눈빛이 되어 재차 말로 공격을 날린다.

"어휴, 너는 처음 만났을 때부터 사사건건 내게 반항만 하는구나……. 기억해? 학원 대성당에서, 아니, 얼굴을 마주한 건 교실에서 수업했을 때인가."

"따, 딱히 반항하는 건 아니에요……."

"주변 사람들도 놀랐었잖아. 메리다 엔젤에, 엘리제 엔젤. 졸업생 셴파 쯔베토크……. 아, 그래그래, 성 도트리슈의 드라군에, 폼만 더럽게 잡는 《프린스》도 있었지."

"그건 다들, 갑자기 습격한 당신에게 놀라서——."

말해버리고 나서 네르바는 헉! 하고 입을 틀어막는다.

하지만 이미 늦었다. 그새 테이블 위로 쑤욱 상체를 내민 마디아가 네르바의 옷깃 리본을 움켜잡았다. 단숨에 제로 거리까지 좁히고서 씨익 웃는다.

악마의 스마일이다.

"마침내 본색을 드러냈군……!!"

"아, 아니요, 방금 말은——."

"내가 《라클라 선생》으로서 너를 처음 만났을 때 성 도트리슈

일당은 없었어. 대체 어느 순간과 착각한 거지? 루나 뤼미에르 선발전—— 글래스몬드 팰리스 때인가……?"

네르바는 얼굴 윤곽이 흐릿해질 만큼 격렬하게 고개를 저었다.

"몰라요! 제 착각이에요! 저는 아무것도 기억이 안 나요!"

"에잇, 단념 못 해?! 냉큼 내 마스크를 내놔! 지금이라면 교내 러닝 100바퀴 형으로 용서해주지!!"

"히이이이이이이익?! 대체 뭐예요?! 왜 나한테 이런 일이?!"

"네, 네르바 님, 라클라 선생님, 진정들 하세요———————————!!"

이미 카페 전체의 이목을 모으는 큰 소동이다.

쿠퍼는 혼자 "아이고." 탄식하면서 마디아에게 걷어차이지 않도록 테이블 위 과자 접시를 피난시키고 있었다.

"모습을 보아하니 네르바 님도 《결백》한 것 같군요."

바로 그때.

찰칵…………

희미하게 울리는 메마른 소리를 쿠퍼의 귀는 확실히 포착했다.

순식간에 소란이 그친다.

마디아가 잡고 흔들던 네르바의 목덜미를 놓은 것이다.

네르바 그룹의 네 사람은 이미 새파래진 얼굴로 바들바들 떨고 있다.

그러나 마디아는 깨끗이 리본에서 손을 놓은 다음 테이블에서 내려온다.

흥미를 잃은 모습으로 등을 돌린다.

"——미안하군. 사과하는 의미로 계산은 내가 하지."

"아, 네에……."

그 후, 산책길로 걸어가 버렸다.

쿠퍼도 마지막 홍차 한 모금을 삼키고 가볍게 인사하고 나서 마디아의 뒤를 쫓았다.

남겨진 네르바 그룹 네 명은 망연자실했다.

"도, 도대체 뭐였던 거람…………??"

카페를 나가면서 들은 그녀들이 중얼거리는 소리도 당연하다.

누가 이해할 수 있으랴.

망설이지 않고 산책길을 나아가는 마디아와 그 옆에 따라붙은 쿠퍼 외에 누가.

앞을 응시한 채 쿠퍼는 말한다.

"겨우 본색을 드러냈군."

마디아도 허공을 노려보고서 "응." 하고 수긍했다.

† † †

성 프리데스위데의 건물과 건물을 잇는 복도를 쿠퍼와 마디아는 나란히 걷고 있었다.

눈을 마주치지도 않거니와 대화도 없다.

발걸음만이 확실하다.

명확한 목적지가 있는 것 같다……. 어디로 가는 걸까?

쿠퍼는 장신이고 보폭이 넓지만 마디아는 그를 무난하게 따라간다.

모퉁이를 돌았다.

교사탑 안쪽, 그보다 더 안쪽으로 향하고 있다. 오랜 역사를 자랑하는 프리데스위데의 학사는 오래된 구획일수록 복잡하고 괴기해서 재학생이더라도 헤매게 되는 일이 드물게 있다.

두 사람을 놓치지 않고 따라가기 위해서는 잔달음질을 칠 수밖에 없었다.

또 모퉁이.

쿠퍼 일행은 우측으로——.

몇 초 늦게 따라붙은 줄 알았더니 그들의 뒷모습은 벌써 다음 모퉁이에 접어들고 있었다.

이번엔 좌측——.

대체 어디까지 갈 셈일까?

《그녀》는 조급해지는 마음을 누르고 뛰었다.

다음 모퉁이——.

살며시 얼굴을 내민다.

없다.

복도 끝에서 쿠퍼와 마디아의 모습은 사라지고 없었다! 대체 어디로?

"어딘가에서 길을 잘못 들었나……?!"

《그녀》는 혹시나 해 뒤돌아본다. 이럴 수가, 쿠퍼 일행의 뒷모습은 틀림없이 여기서 사라졌는데. 자신이 버벅거리는 사이에 더욱 앞으로 가버린 걸까.

식은땀을 흘리면서 다시 뒤돌아본다.

──눈앞에 청년의 가슴팍이 있었다.

"꺄아아악?!" 비명을 지르며 《그녀》는 고꾸라질 뻔했다. 그 손목을 재빠르게 쥐고, 나아가 청년은 소녀의 허리에 손을 돌리면서 받쳐 주고, 일으켜 주었다.

이 빈틈없는 신사로 말할 것 같으면, 물론 쿠퍼다.

해사한 미소를 지으면서도 손목을 붙든 채 놓아주지 않는다.

"괜찮습니까? 레이디."

"네, 네에……!"

"누구를 찾고 계셨던 겁니까. 그런──근사한 카메라를 들고."

으윽, 《그녀》의 목이 메인 것도 당연하다.

목에는 언제든지 셔터를 누를 수 있도록 뚜껑을 뗀 카메라.

팔에는 완장──.

쿠퍼는 《그녀》의 눈동자를 안경 너머로 응시했다.

"신문부 부장 제시카 프레셔 님……. 아니, 이미 《전》 부장이라고 불러야 할까요? 졸업이 코앞인데 사진 촬영이라니, 열심이시군요."

"한 명 더 있었어."

복도 끝에서 마디아가 여학생 하나를 연행해 왔다.

뒤에서 누군가에게 미행당하고 있음을 눈치챈 쿠퍼와 마디아는 모퉁이를 돎과 동시에 기척과 형체를 감추고, 당황한 추적자들을 붙잡은 것이다.

쿠퍼가 붙잡은 것은 전 신문부 3학년 제시카 프레셔.

그리고 마디아가 팔을 꺾어 누르고 있는 것은, 세상에, 이쪽도 곧 졸업 예정인 전 학생회장 미토나 휘트니였다.

도망칠 곳을 없애고 나서 쿠퍼 일행은 그녀들을 벽 쪽에 풀어주었다.

자그마한 마디아가 고압적으로 팔짱을 낀다.

"그렇군, 신문부라. 맹점이었어. 일개 학생이 목소리를 높여 봤자 흐지부지 넘어가 버릴 가능성도 있으니까 말이지. 사진과 기사로 대대적으로 공표할 심산이었던 거야."

제시카는 거북한 몸짓으로 애용하는 카메라를 감싸고 있다.

반면 미토나는 전 학생회장답게, 그래도 당당한 태도였다.

마디아는 날카로운 눈빛으로 그녀를 올려다본다.

"전 학생회장……. 네가 얽혀 있는 것도 예상 밖이었어. 언제부터야? 언제부터 나를 눈여겨보고 있었어? 실행범은 어느 쪽이야?"

"물론."

미토나는 짐짓 강한 척하는 어조로 대답한다.

"제가 고안하고 지시를 내려서 제시카가 협력해준 겁니다."

"호오……!!"

전혀 주눅 들지 않는 전 학생회장을 보며 마디아의 가냘픈 다섯 손가락이 우두둑 소리를 냈다.

　이렇게 되면《라클라 선생》으로서 허용되는 한도 내에서 체벌을 하고, 막시무스 마스크를 어디 숨겼는지 토하게 해줄까…….

　미토나는 겁내지 않고 되받아친다.

　"선생님들이야말로 어떻게 저희가 노리고 있는 것을 알아챈 거죠?"

　"셔터 소리가 났기 때문입니다."

　대답한 것은 쿠퍼다.

　손바닥을 내민다.

　"그런데 제시카 님. 촬영한 사진을 제출해 주시겠습니까?"

　어깨를 움찔하는 전 신문부 부장.

　그러나 이 마당에 거부할 수는 없다…….

　그녀가 들고 있는 것은 초고급에 고기능으로 평판이 좋은《폴라로이드》라고 불리는 카메라다. 놀랍게도 찍은 사진이 즉석에서 현상되는 혁신적인 발명품이다.

　제시카는 꾸물꾸물 사진 몇 장을 내밀었다.

　그 사진 전부에 마디아의 모습이 찍혀 있다…….

　당사자인 그녀는 아직 힐문 자세를 풀지 않았다.

　"자아, 이제부터 너희에게 몇 가지를 물어봐야겠어. 루나 뤼미에르 선발전의 후보생도 아니었던 너희가 왜 나의――."

　"잠깐만, 라클라 선생."

　쿠퍼는 즉각 그녀의 입에 손을 돌려 "으읍." 하고 뚜껑을 덮었다.

그리고 항의를 듣기 전에 마디아의 눈앞에 사진을 올린다.

"――아무래도 우리의 착각인 것 같습니다."

"뭐……?"

사진에는 확실히 마디아가 찍혀 있었다.

아까 카페의 광경이다. 테이블 위로 몸을 쑥 내밀어 네르바를 추궁하고 있다.

이 사진에서 어떤 의미를 찾아낸다고 한다면…….

둘의 얼굴이 가깝다는 정도일까.

미토나 전 회장은 한숨을 쉬며 볼에 손바닥을 댔다.

"늘 앙칼지신 네르바 님이, 어째선지 라클라 선생님에게만은 엉거주춤해지는 순간…… 어메이징!! 망상이 포도송이처럼 전개되어요……!"

"미토나 언니, 제 개인적으로는 이쪽의 한 장이――."

제시카가 안경을 번쩍이면서 쿠퍼의 손에서 사진을 한 장 뽑아갔다.

그쪽에도 마디아가 찍혀 있다.

뺀질거리는 로제티와 꽥꽥거리는 마디아의 투 샷이다.

미토나는 이마에 손등을 대고 현기증을 일으키고 있었다.

"버리기 어려워요! 푼수 기질이 있는 로제티 님에게 관심받고 싶어서 필사적인 라클라 선생님……. 애가 탄 나머지 그녀는 그만 무심코 숨기고 있었던 본심을――."

"미토나 님, 제시카 님. 우선 숨기고 있는 사진을 전부 꺼내주시겠습니까."

쿠퍼가 다짜고짜 손바닥을 내밀자 제시카는 자신의 몸을 부둥켜안았다.

"제제제제발 좀 봐주세요~! 이쪽에는 기적의 한 장도 섞여 있어서……!"

"됐으니까 주십시오."

"으으으…….."

이리하여 찍은 사진들이 공개되었는데── 많다, 많아.

그녀들의 가방에서 나온, 몰래 촬영된 사진은 수십 장에 달했다.

필름 값만으로도 엄청난 액수가 될 텐데…….

아무튼 사진은 하나같이 성 프리데스위데 여학생들을 찍은 것이었다. 평범한 여학원의 일상풍경을 오려낸 것으로── 공통적으로 친밀한 거리감을 이루는 순간을 정확히 포착하고 있다. 손을 맞잡은 모습, 서로 쳐다보는 모습, 어깨에 살짝 기대 선잠을 자는 모습……. 메리다와 엘리제를 찍은 것도 있었다. 도시락 반찬을 교환하여 서로의 입에 '아~앙' 하고 가져다주는 장면이다.

대체 이게 어찌 된 일일까.

쿠퍼는 다른 의미에서 미토나와 제시카를 추궁해야만 했다.

"저희, 이제 곧 졸업이에요."

미토나는 씁쓸하게 말했다.

몹시 견디기 어려워 보이는, 미련에 시달리는 표정이다.

"그런데도…… 제《후계자》를 키우는 일은 기어이 이루어지지 않았어요. 이대로라면 언젠가 성 프리데스위데에 강사로 되돌아와 제가 뿌린 씨앗이 백합의 화원을 꽃피우고 있는 광경을 실제로 보겠다는…… 그 야망이……!!"

"무너져서 다행입니다."

"그래서 생각했어요. 졸업 앨범을 만들기로!"

미토나는 손짓 몸짓을 섞어 호소하기 시작한다.

"그 사진을 기록으로서 학원에 남기는 거예요. 재학생 모두가, 앞으로 입학할 동생들이 몇 번이고, 몇 번이고 그 앨범을 훑어보겠죠. 그러다 어느 순간 깨달을 거예요—— '우리, 이 사진과 비교해 자매와의 거리가 멀지 않아?' 라고."

그 광경이 눈에 선한 듯 미토나는 기도하듯이 깍지를 꼈다.

"이내 모두 조금씩 자매와의 거리를 좁히게 될 거예요. 그것이야말로 제가 바라는 이상향……. 퍼펙션! 퍼펙션이에요!"

"허가 없는 촬영은 금지되어 있는지라."

"제발요, 쿠퍼 선생님!!"

사진을 압수하자 미토나는 울면서 다리에 매달렸다.

……그렇지만 쿠퍼도 특례로 여학원에 발을 들여놓고 있는 몸. 규칙위반을 묵인할 수는 없는 노릇이다.

기껏해야 반성을 촉구하는 것이 고작.

"제대로 허가를 받고 나서 찍으면 되지 않습니까……."

"카메라를 의식하게 만들면 안 돼요! 왠지 알아요?! 피사체의 의식이 《이쪽》을 향하게 되니까! 카메라가 아니라 자매를 쳐다보고 있지 않으면 의미가 없다고요!!"

"뭔가 어려운 이야기를 하십니다만—— 아, 제시카 님."

전 학생회장을 내버려 두고서 몰래 사라지려고 하는 안경녀를 불러 세운다.

제시카의 어깨가 움찔거렸다.

쿠퍼는 가차 없이 싱긋 웃으며.

"그 카메라는 증거로 제출해주십시오. 졸업 전에 한 번만 더 선생님들에게 호되게 혼나 보시길."

"너, 너, 너…… . 너무해요————————!!"

옆에서 보면 두 여학생이 오열하는 아비규환이 따로 없다.

그런 가운데 우두커니 남겨진 한 사람이 있었으니.

"…………내 마스크는?"

또다시 짐작이 빗나갔음을 마디아는 한참 뒤에야 깨달았다.

† † †

완전히 단서가 사라져버린 마디아는 쿠퍼에게 끌려오다시피 하여 문제의 《재회의 숲》으로 되돌아왔다.

마디아는 멈추어 서지도 않는 쿠퍼의 등에 불평을 날린다.

"야, 이런 곳에 무슨 용건이 있다고 그래!"

그녀 처지에서 보면 일각을 다투는 사태.

더구나 아직 해결의 실마리는 도통 보이지 않는다…… .

그런데도 쿠퍼는 태도가 침착하기 그지없다.

"《범인은 현장에 돌아온다》고 하잖아?"

"뭐어??"

"너도 눈치채고 있었을 텐데."

맨 처음 만나기로 했었던 바로 그곳에서 멈추어 서고, 쿠퍼는 뒤돌아보았다.

"여기서 이야기를 했었을 때부터 누군가가 《보고》 있었던 것을."

"그건―― 당연하지."

대수롭지 않게 고개를 끄덕이는 마디아다.

"그래서 일부러 자유롭게 놓아두고서 아까 붙잡았잖아. 우리를 미행하고 있었던 것은 미토나 휘트니와 제시카 프레셔였어. 하지만 그건 내 마스크를 도난당한 일과는 전혀 상관없었어! 조사는 다시 원점이야!"

"그럼 지금은?"

거듭된 질문에 마디아의 눈이 휘둥그레진다.

······들고 보니.

마디아의 예민한 지각 영역의 끝에 희미한 기척이 걸린다. 아까 이 장소에서 쿠퍼에게 협력을 의뢰했을 때와 하등 변함이 없다. 즉――.

지금도 《보고》 있다.

누가?

"미토나 님과 제시카 님이 간단히 붙잡혔을 때 이상하다고 생각했었어."

쿠퍼는 이미 어떠한 확신을 얻은 걸까.

자신을 관통하는 그의 시선으로부터 마디아는 눈을 뗄 수가 없다.

"두 사람의 미행은 무척 서툴렀어. 그런데, 지금 우리를 《보고》 있는 건? 우리의 감각으로도 쉽게 꼬리가 잡히지 않아. 완벽한 수준으로 기척을 제거했어……. 그 시점에서 알아채야 했어. 이만한 경지에 이른 수습 여학생은 있을 수 없어."

──그럼 누가?

마디아의 눈빛에 쿠퍼는 대답한다.

한마디로.

"짐승이다."

배후에서 다가오는 질주 소리를 마디아가 알아챘을 때는 이미 늦었다.

어깨너머로 뒤돌아본다.

그 순간, 시야를 새카만 그림자가 덮었고──.

그대로 온몸의 체중에 밀려 쓰러졌다. "으아아악!" 하고 소녀답지 않은 비명이 터졌다.

"뭐, 뭐야, 이 자식은?!"

마디아는 마구 몸부림쳤지만 상체를 일으킬 수가 없다.

그녀와 비슷한 체격의── 늑대가 상대이니 어쩔 수 없겠지만.

동그란 에메랄드 눈동자로, 구멍이 날 만큼 마디아의 얼굴을 뚫어지게 관찰하고 있다.

위해를 가할 생각은 없는 것 같은데……

뒤늦게 《주인》이 숲속 안쪽에서 뒤쫓아온다.

"바스홀! 갑자기 왜 뛰고 그래――― 어."

"반갑습니다, 프리지아 양."

나타난 늑대의 주인은 한랭지용 전투복을 입은 녹색 머리 소녀였다.

이름은 프리지아…….

성 프리데스위데 여학원의 학원장 샬롯 블랑망제의 양녀이다. 복잡한 경위로 그 신분을 얻은 그녀는, 곧 퇴직할 예정인 블랑망제 학원장 곁에서 시중을 들기 위해 짧은 기간이지만 학원에 체류하고 있다.

그렇게 되도록 그녀를 도와준 것이 다름 아닌 쿠퍼다.

과거에는 그녀의 주인이었던 세르주를 둘러싸고 칼과 총으로 대화한 적도 있다.

프리지아는 복잡한 감정을 품은 표정으로 꾸벅 고개를 숙였다.

"……미스터 방피르."

이름은 불렀지만, 무슨 이야기를 하면 좋을지 가늠이 안 되는 모양이다.

쿠퍼는 우선 당면의 화제를 제시해 줬다.

"이쪽의 바스홀 양을 어떻게든 해주지 않으면 라클라 선생이 찌부러져서 더욱 오그라들고 맙니다만?"

"아앗, 말씀대롭니다! ――애, 바스홀!"

늑대의 배에 양팔을 돌리고 힘껏 떼 내는 프리지아.

늑대는 아무래도 마디아와 더 놀고 싶은지 좀처럼 떨어지려 하지 않았다.

그런 난감한 《동생》에게 프리지아는 눈썹을 치켜세운다.

"놀고 있을 때가 아니잖아? 빨리 이 《가면》의 주인을 찾아야 해……."

그러면서 품에서 꺼낸 물건을 여봐란듯이 내미는 것이 아닌가.

오랜 세월이 묻은 목제 가면——.

아주 평범하다.

특징이 없는 것이 특징이라고 말하는 듯한…….

마디아는 지면에 뒤집힌 채 눈을 휘둥그렇게 떴다.

"그건 내 마스크!!"

"네에?! 하, 학원 선생님 물건이었던 겁니까?!"

마디아는 흙투성이가 된 제복을 털지도 않고 일어나 몸을 뒤로 젖혔다.

"돌려줘!"

프리지아는 납작 고개를 숙인다.

"제 동생이 폐를……."

마디아는 가면을 낚아채고 앞뒤를 확인했다.

조금이라도 비뚤어져 있으면 엄청난 손실인데…….

다행히도 《기억할 수 없는 얼굴》로서의 기능에 지장은 없는 모양이다. 마디아는 이제야 마스크를 품에 안고 "휴우." 한숨을 내쉰다.

쿠퍼는 대신 질문해주었다.

"요컨대 라클라 선생의 방에 무단으로 침입해서 마스크를 훔쳐 간 것은…… 프리지아 양의 늑대였다, 는 말입니까."

"평소 나쁜 짓을 하는 애는 아닌데……."

속이 타는 듯이 사과하는 프리지아.

당사자인 늑대 바스훌은 여전히 흥미롭게 라클라 선생을 쳐다보고 있다.

그런 늑대의 콧등을 프리지아는 쓰다듬었다.

"아까 갑자기 어딘가에서 그 가면을 물고 돌아와서 주인을 찾던 참이었습니다. 아아……! 무사히 돌려줄 수 있어서 다행이에요."

"그런데 이 가면이 무엇인지 알고 있습니까?"

"네?"

어리둥절해서 고개를 기울이는 프리지아.

가면은 가면 아니에요? 라고 말하고 싶은 눈치다.

까딱하면 국보가 늑대의 침에 범벅될 뻔했다——라고는 전하지 않는 편이 좋겠다.

그건 그렇고 왜 《착한 아이》라는 평판을 듣는 프리지아의 늑대가 이런 짓을 저지른 것일까? 당사자인 늑대는 프리지아의 옷자락을 물고 끌어당긴다.

"왜?"

프리지아가 무릎을 꿇자 늑대는 그녀의 목덜미를 냄새 맡듯이 코를 가까이 대고——.

"왜에?"

프리지아가 저도 모르게 되물어 버린 것도 당연하다.

"라클라 선생님한테서 피비린내가 나?"

"흠칫!"

놀란 나머지 마스크를 놓쳐서 위태롭게 두 손으로 한두 번 치다가 받는 마디아.

그런 동요를 프리지아는 알아채지 못했다.

"왠지 피 냄새가 나서 가면을 가져왔다고? ……얘는, 학원 선생님에게 무슨 소리야! 냄새가 사라지지 않을 만큼 피를 뒤집어썼을 리가 없잖아."

나쁜 뜻은 없이.

"암살자도 아니고."

"꽤액!"

두 번째 화살이 마디아의 심장을 관통했다.

그렇게 영혼이 빠져버린 것이 좋지 않았다. 그 틈을 노려, 도저히 납득하지 못하는 눈치의 늑대가 어슬렁거리며 앞발을 내디딘 것이다.

또 가면을 빼앗으려고 마디아를 넘어뜨리려 한다. 마디아는 물론 저항했지만, "야, 그만둬!" 하고 마스크를 높이 들자마자 상체에 실린 체중을 버티지 못하고 또다시 벌렁 자빠진다.

철푸덕! 두 번째다.

프리지아는 "바스훌!" 하고 큰 소리로 질책했다. 쿠퍼는 "아이고." 하며 어깨를 으쓱했다. 그리고 마디아는 거구의 늑대를 제 몸 위에서 치우지도 못하고.

"냄새 맡지 마!"

그녀의 냄새가 신경 쓰여서 견딜 수 없는 늑대의 콧등을 필사적으로 밀어냈다.

늑대의 목덜미를 쥐고 삭삭 빌며 떠나가는 프리지아를 배웅한다.

마디아는 머리에 풀을 붙이고 어깨로 숨을 쉬익쉬익 쉬고 있었다.

"참 나, 대체 뭐야, 저 강아지는!"

"뭐, 그래도 무사히 해결했으니 됐잖아."

쿠퍼는 중얼거리는 마디아에게 쓱 내밀었다.

다시 또 빼앗기지 않게 은근슬쩍 챙겨둔 막시무스 마스크를.

"계속 찾고 있었던 물건 맞지?"

"으, 응……."

"무사히 돌아와서 천만다행이다."

마디아는 고분고분 양손을 모아 받았다.

손이 비어 할 일이 없어진 쿠퍼는 그녀의 머리를 쓰다듬었다.

손질 하나 하지 않은, 풀어헤친 검은 긴 머리…….

쿠퍼로선 평소 메리다에게 하듯이 무심코 손을 뻗어버린 건데
──.

마디아는 무뚝뚝하게 쿠퍼를 올려다보았다.

불평이라도 한마디 하려고 그러나?

아니면 머리를 막고 있는 것이 전사로서 진정되지 않아 그러는 건가…….

그 어느 쪽도 아니었다.

"그, 뭐야."

말을 찾는 듯이.

마디아는 잠시 입술을 우물거렸다.

그녀에게 그다지 연이 없는 말이라, 찾는 데 꽤 시간이 걸리는 모양이다.

평범한《형제》한테는 정말 흔한 말이겠지만——

"……고, 고마워."

마디아는 투덜대며 말했다.

"이렇게 도와줄 줄은 몰랐어……. 너하곤 아무 상관도 없는 일인데. 난 아무것도 해줄 수 있는 게 없는데. 혼자였으면 난……."

멋쩍어지기 시작한 건지 허리에 손을 대고 고개를 돌린다.

그래도 붉게 물든 볼은 숨길 수가 없었다.

"오늘은 약간 믿음직했어—— 형님."

쿠퍼는 순간 당황해서 저도 모르게 웃음을 뿜지 않고 배길 수가 없었다.

"형님, 이라."

"보, 보통은 그렇잖아?! 우리는!"

"보통은 말이지."

무엇이 자신들과 같은 또래의《보통》인지, 쿠퍼도 아직 모른다.

확실한 것은 단 하나——.

쿠퍼는 빙그레 웃어주며, 이렇게 말했다.

"하지만 우리는《보통》이 아니야."

"……응?"

"공짜로 힘을 빌려줄 줄 알았어?"

마디아의 몸이 요란하게 튀어 올랐다.

마스크를 안고 뒷걸음질 친다.

"그, 그러니까 해줄 수 있는 게 아무것도 없다고……!"

"아니, 있어. 간단한 교환 조건이지."

쿠퍼는 장신을 활용하여 그녀를 구석으로 쭉쭉 몰아넣었다.

마디아의 등이 나무줄기에 닿는다.

자신을 뒤덮는 청년의 그림자가 그녀에게는 어떻게 보일까……

"너는 최근 백야의 본부로부터 지령을 받았을 거야. '암살교사를 감독하고 보고하라' 같은 지령을……. 그《채점》을 후하게 해주길 원해. 내게 어떤 의심이 간다고 해도, '전부 문제없음' 이라고, 아버지에게 보고해 줬으면 좋겠어."

"뭐, 뭐, 뭐……."

"나도 당연히 너의 이번 실수는 입 다물고 있을 거야."

입술에 집게손가락을 대고 웃는다.

전부 내다보고 있다고 말하고 싶은 것처럼.

"학원에서의 생활은 쾌적하지?《라클라 선생》."

"이, 이, 이……!"

마디아의 작은 몸이 부들부들 떨린다.

──잠깐이라도 솔직히 마음을 준 내가 바보였다!

필사적으로 얼굴을 바짝 든다.

커다란 눈동자에서 눈물을 뿌리며.

"이 귀축 같은 놈아────────────!!"

종업식을 목전에 둔 프리데스위데 여학원의 방과 후.

애처로운 소녀의 친숙한 비명이 오늘도 하늘에 메아리친다.

CLASSROOM : V ~천일의 삼공축일~

오늘은 쿠퍼에게 있어 무척 희한한 하루였다.

왜냐하면《아무것도 안 해도 되는 날》이었기 때문이다.

이 가정교사 임무에 착수한 이래 그의 데일리 스케줄은 전적으로 메리다 아가씨의 사정에 좌우되었다. 평일에는 종자로서 학원에 따라가고, 휴일에는 아침부터 밤까지 철저히 개인 레슨을 행한다.

아가씨와 자신, 쌍방의 목숨이 걸린 일인 만큼——.

쿠퍼 개인의 휴일이 거의 없는 것은 당연했다.

그럼에도 오늘처럼 그가 일체의 업무에서 해방된 이유는 하나.

아가씨가 쉬어야 하기 때문이다.

"이렇게 한가한 시간도 오랜만이네~."

로제티 프리켓이 힘껏 기지개를 켰다.

쿠퍼와 둘이서 테이블을 둘러싸고 티타임을 즐기고 있다.

둘 다 군복이나 작업복을 벗고 편안한 사복 차림이 되어서…….

무엇에 재촉당할 일도 없는.

왠지 죄스러운 마음이 들 정도로 평온한 시간.

그러나 지금만큼은 이러는 것도 괜찮지 싶다——. 쿠퍼마저 그런 기분이 들어서 비어 있었던 로제티의 찻잔에 홍차를 한 잔 더 붓는다.

자신의 컵에도 더 부으면서 말했다.

"그 《혁명》의 나날이 거짓말 같네요."

뜸을 조금 많이 들인 걸까——.

혀에 밴 두 번째 홍차에서는 약간 쓴맛이 났다.

정원을 빠져나가는 바람은 아직 쌀쌀하다.

올해 봄은 조금 잠꾸러기인 모양이다. 그럴 법도 하다. …… 지난달까지 프란돌을 뒤흔들었던, 불똥이 튀는 《혁명》에 봄의 기운도 발걸음을 망설였을 테니까.

세르주 쉬크잘과 워울프족의 쿠데타……

프란돌의 패권을 둘러싸고 그들과 사투를 벌인 것이 고작 얼마 전의 일이라니! 쿠퍼도 아직 꿈을 꾸고 있는 것 같은 심경이다. 그 전화에 휩싸인 성왕구와, 이 꽃향기가 도는 메리다의 저택 정원 사이의 갭은 이루 말로 표현할 수 없다. 이 평온한 일상을 되찾기 위해서 메리다 아가씨들도 결사적으로 혁명의 폭풍 속을 질주했었다.

쿠퍼에게도 아슬아슬한 사선을 넘는 싸움이었다.

아직 어린 아가씨들에게는 얼마만큼 거친 풍파였을지!

이에 무사히 그 혁명이 진압된 지금——.

쿠퍼와 로제티는 제자들에게 잠시 휴식을 주기로 했다. 아가씨들도 심신을 한계까지 혹사했을 것이다. 교육 담당자로서 현재 그녀들에게 무리를 시키는 것은 결코 좋지 않다. 사제가 함께 지금은 기력을 보충할 때다.

다가올 다음 시련에 맞서기 위해서——.

말은 이렇지만.

쿠퍼와 로제티 역시 아직 기병단 내에서는 《애송이》에 속한다.

그럼에도 놀라는 일이 종종 있다.

어린애는 팔팔하구나, 하고.

"저기, 쿠, 눈치챘어?"

"물론이고말고요, 로제."

동시에 찻잔을 입술에 붙이면서 눈짓.

무슨 말인가 하면, 아까부터 둘의 시야를 간간이 오가는 소녀들에 대한 이야기다. 하나, 둘, 셋……. 네 명분. 눈부신 금발의 메리다. 신비스러운 은발의 엘리제. 현실과 동떨어진 흑수정 머리카락은 뮬 라 모르. 그리고 봄의 화창한 벚꽃 같은 머리색은 살라샤 쉬크잘이다.

로제티가 쿠퍼와 함께 메리다의 저택에서 한가하게 있을 수 있는 이유.

오늘은 공작 가문의 네 자매가 이곳에서 파자마 파티를 벌이는 날이다.

우애 깊은 모습이 참 흐뭇하다…….

한데, 어쩐지 넷이서 놀고 있는 듯한 광경은 아니다.

심각한 표정을 하고 분주히 저택 계단을 오르락내리락.

그러는가 했더니 전원이 어깨를 떨군 채 그늘에서 뭔가 귓속말을 하고 있다.

네 사람의 아담한 뒷모습을 바라보면서 로제티가 어깨를 으쓱했다.

"꽤 곤란해 보이는데?"

"저희는 오늘 가정교사도, 하인도 아니고 완전히 임무 시간 밖이긴 합니다만……."

쿠퍼가 힐끔 눈짓.

로제티는 능글맞게 웃으며 호응했다.

누가 먼저랄 것도 없이 자리에서 일어난다.

메리다를 비롯한 아가씨들은 저택 뒤에서 몸을 웅크리고 쑥덕 쑥덕 뭔가 이야기하는 중이다.

로제티는 발소리를 지우고 그런 그녀들의 배후에 살며시 다가간 다음――.

제자의 겨드랑이에 손을 넣고 힘차게 안아 올렸다.

"뭐~ 하고 있는 거야! 아가씨."

"우와아앗?! 로, 로제 선생님!"

엘리제가 그녀답지 않게 감정을 드러낸다.

메리다를 포함한 셋도 번개같이 뒤돌아보았다.

"쿠, 쿠퍼 선생님까지! 무, 무슨 일이세요?"

"보다 못해서 말입니다."

어깨를 으쓱하면서 그녀들 사이에 끼는 쿠퍼다.

뮬과 살라샤가 허둥지둥 옷자락을 정돈하는 것을 기다리고 나서 말을 계속한다.

"아가씨들이야말로 대체 무슨 일입니까? 모처럼의 파자마 파티일 텐데 아침부터 계속 뭔가 고민하시는 모습입니다…….”

네 소녀는 얼굴을 마주 보았다.

과연 이야기해도 될지…….

그런 갈등의 목소리가 들려오는 것 같다.

쿠퍼가 앞서 가슴에 손바닥을 대고 양해를 구했다.

“뭔가, 저희가 힘이 될 수 있는 일이 있다면…….”

“아, 안 돼.”

제일 먼저 목소리를 높인 것은 엘리제였다.

로제티에게 홀쩍 들린 상태였지만 엘리제는 고개를 좌우로 흔들며.

“이건 우리끼리 해야만 하는 일……이니까.”

“그, 그래요. 선생님들에게 폐를 끼칠 순 없어요!”

메리다도 의연히, 그렇게 단언했다.

살라샤는 당연히 사양하는 눈치고, 뮬도 여봐란듯이 가슴을 펴고 있다.

“쿠퍼 선생님과 로제티 선생님의 휴일을 방해할 수는…….”

“서희도 어엿한 공작 가문의 레이디예요!”

“그건 아주 좋은 마음가짐이라 생각합니다.”

쿠퍼는 만족스럽게 미소 지은 채.

“──그래서, 무엇을 고민하고 계시는 겁니까?”

“으, 으으으……!”

변함없이 가차 없는, 《귀축》이라고 소문이 자자한 그의 음성이다.

반면 로제티는 제자를 안은 채 덩실거리며 태연하게 말했다.

"뭐 어때, 뭐 어때. 이 선생님들한테 몽————땅 맡겨!"

네 영애는 다시 한번 누구 할 것 없이 얼굴을 마주 보았다.

……확실히 이대로라면 귀중한 휴일이 지나가 버린다.

체념 비슷한 한숨을 쉰 것은 누구부터였을까.

이윽고 그녀들은 띄엄띄엄 가정교사들에게 털어놓기 시작했
다————.

"우리 우정의 위기예요."

그렇게 거창하게 운을 뗀 것은 뮬이다.

쿠퍼와 로제티는 무슨 소리냐는 표정이다.

살라샤가 성급한 친구의 진의를 알기 쉽게 전달한다.

"선생님들은…… 극히 최근까지 3대 기사 공작 가문의 교류
는 별로 활발하지 않았다……라는 사실을 알고 계시나요?"

"엥, 그래?"

매우 솔직하게 눈을 동그랗게 뜨는 로제티.

반면 쿠퍼는 확실히 그렇다며 고개를 끄덕인다.

"메리다 아가씨들도 직접 뵐 때까지 살라샤 님과 뮬 님의 얼굴
을 몰랐을 정도니까 말이죠."

"공작 가문끼리 이렇게 가까운 사이가 된 건 저희가 만나고 나
서부터예요."

살라샤가 얼굴을 숙이고 눈가에 앞머리의 그림자가 진다.

"……하지만 어쩐지 요 며칠간은 예전으로 돌아가 버린 느낌

이에요."

뮬도 한숨을 섞어 동의한다.

"어머니도, 사라네 사람들도 서먹서먹하고. 오늘 파자마 파티도── 중지는 되지 않았지만, 왠지 초대받지 않은 분위기네요?"

듣고 보니 평소라면 과자다 사진이다 끊임없이 치다꺼리를 해주는 저택의 메이드들이, 오늘은 이상하게 조용하다. 아니, 손님으로서 충분한 대접은 해주고 있지만 하인으로서 일선을 긋고 있는 듯한 태도라 하겠다.

그것이 일반적이기는 하다만…….

섭섭하다, 라는 것이 아가씨들의 속내다.

어쩌면 엔젤 가문 본가로부터 지시가 있었던 걸지도 모른다. '쉬크잘 가문과 라 모르 가문의 영애에게 실수가 있어선 안 된다. 대응에 세심한 주의를 기울여라.' 같은.

그것을 뒷받침하듯이 엘리제도 중얼중얼 말한다.

"평소였다면 파자마 파티를 할 때 저택의 오셀로 씨가……."

힐끔, 메리다와 시선을 교환하고.

"나한테 이래. '살라샤 님과 뮬 님은 언젠가 3대 공작 가문의 수장으로서 나란히 설 상대. 친하게 지내시는 것도 괜찮지만 얕잡아 보이는 일이 없도록 하십시오!' 라고."

"아~ 그러지, 그렇게 말하지."

오른쪽 귀로 듣고 왼쪽으로 흘려보내는 로제티다.

이어서 그녀는 "어라?" 하고 고개를 기울었다.

"그러고 보니…… 이번엔 배웅할 때 아무 말도 안 했지?"

"응."

엘리제는 고개를 끄덕이고 그대로 머리를 숙였다.

"조언도 안 하고 막지도 않았어. 왠지 못 본 척을 하는 것처럼 말이야."

"──여러분이 불안하게 생각하고 계시는 점은 잘 알았습니다."

쿠퍼는 그럴싸하게 팔짱을 끼고 고개를 끄덕였다.

"아가씨들 네 분의 교우를 계기로 공작 가문은 전례 없이 친밀한 사이가 되었다."

집게손가락을 척 세우고.

"그럼에도 불구하고 그 결속이 약해지려 하는 것을 여러분은 민감하게 감지했다. 이대로 3대 공작 가문이 소원해지면 언젠가는 아가씨들 네 분도 이전까지와 같이 만나는 것조차 어려워질지도 모른다……."

네 소녀는 더욱더 심각해진 듯이 머리를 숙였다.

"계기는 생각할 필요도 없겠군요."

그녀들이 말할 수 없는 핵심을, 쿠퍼는 굳이 찔러준다.

"세르주 님의 혁명──."

"……!"

"그가 엔젤 가문과 라 모르 가문을 배신하고 죄인으로 곤두박질쳐서…… 페르구스 공과 알메디아 공을 필두로 '이제는 친하게 지낼 수 없다.' 라는 의식이 세 가문에 침투해버린 거겠죠."

살라샤는 마치 자신에게 쐐기가 박힌 것처럼 무겁고 깊게 침묵을 지키고 있다.

침묵을 부수는 것 역시 쿠퍼의 역할이다.

"아가씨들은 그걸 어떻게든 하고 싶다고 생각하고 있어요."

"맞아요."

메리다가 씩씩하게 얼굴을 들었다.

"무, 물론 세르주 님이 좋지 않은 짓을 했다는 것은 알고 있어요. 하지만, 이대로 공작 가문 사람들이 뿔뿔이 흩어지는 건, 너무⋯⋯."

말로 옮길 수 없는 그녀들의 안타까움이 쿠퍼에게도, 로제티에게도 잘 보인다.

그 때문에 협력을 자청한 거니까. 쿠퍼는 이어질 이야기를 재촉했다.

"구체적으로 아가씨들은 무엇을 하실 생각입니까?"

"잔치요!"

메리다는 얼굴을 쳐들고 이어서 양손으로 《만세》를 했다.

"《라이 페어(하늘의 신부)》 축젯날에 공작 가문이 모여 다 함께 파티를 여는 거예요!"

"과연, 그거 묘안이군요——."

라이 페어. 프란돌 전 구획에서 열리는 봄 축제를 말한다.

매년 4월, 《봄의 사자》라는 정령들이 결혼해 이 대지에 풍요로운 바람이 분다는 일화를 모티프로 한 것이다. 어린아이들은 봄의 사자를 본뜬 옷차림을 해 과자를 받고, 어른들은 보이지 않는 정령의 혼례를 축하하며 술을 마시고, 새로이 태어나는 《봄》을 몇천 발이 넘는 불꽃놀이로 맞이한다.

즉, 파티를 여는 명목으로서는 더할 나위 없다.

그러나 로제티는 팔짱을 끼고 못마땅한 표정을 짓는다.

"그렇지만~ 과연 와줄까? 알메디아 님이나, 페르구스 단장님이."

"으으으……."

"뭔가 엄청 바쁜 것 같고."

순수 귀족이 아닌 로제티마저 불안을 느끼는 상황이다.

그것도 당연한 것이…… 혁명 이후, 귀족 계급에 대한 여론은 따갑다.

혼란한 국내를 조급히 추스를 필요도 있다.

그런 시국에 엔젤 가문 당주와 라 모르 가문 당주 그리고 다름 아닌 쉬크잘 가문의 반역자가 파티를 열면 세간의 시선은 어떨까? 아무리 경사스러운 축제를 방패막이로 삼더라도── 으음, 확실히 만만찮은 문제다.

쿠퍼도 겨우 심각함을 이해하기 시작했다.

"그래서 아가씨들은 이러지도 저러지도 못하게 된 겁니까."

"하지만 이제 시간이 없어요……."

살라샤는 절박했다.

가슴팍을 꽉 쥐고 당장에라도 눈물을 흘릴 듯이.

"라이 페어 축젯날에 세르주 오빠는 야계로 조사를 떠나요. 그러면 앞으로 오랫동안 돌아오지 못하고요……! 오빠도, 알메디아 아주머니도, 페르구스 아저씨도 이대로 모두가 뿔뿔이 흩어지게 생겼는데———."

"마음은 아주 잘 이해했습니다."

쿠퍼는 로제티와 마주 보았다.

그리고 가슴팍을 힘차게 두드린다.

"처음에 말씀드렸지요? 선생님들에게 전부 맡기세요."

"네……?"

"제게 아이디어가 있습니다. 요컨대 페르구스 님, 알메디아 님 그리고 세르주 님이 스스럼없이 모일 수 있고 나아가 남들의 이목을 신경 쓸 필요가 없는 파티장을 세팅하면 되는 거지요?"

이번엔 네 소녀가 얼굴을 마주 볼 차례였다.

———그런 마법 같은 수단이?

소녀들의 기대와 불안을 한몸에 받고 쿠퍼는 웃는다.

곤경이야말로 즐겨야 하는 법.

"지금이 바로 제가 가정교사로서 쌓아 올린 것을 전부 활용할 때로군요———."

† † †

그런 연유로 쿠퍼와 로제티 두 사람이 즉각 향한 곳은 카디널 스 학교구의 역이었다.

정확히는 역무원들의 숙소인데——— 어쨌든, 그들에게는 연 고가 없어 보이는 장소다.

다만 오늘에 한해서는 다르다.

쿠퍼 일행이 찾아가자마자 조금 뚱뚱한 차장이 튀어나와서 응접실로 안내해주었다. 황송한 듯이 차를 대접하고 등을 구부려 머리를 숙인다.

차장과는 면식이 있었다.

"아, 아이고, 엔젤 가문의 기사님들. 오, 오랜만입니다……."

"네. 그때는 무척 신세를 졌습니다."

차에는 입을 대지 않고 쿠퍼는 싱긋 미소를 보낸다.

그와는 다름 아닌 혁명 때 아는 사이가 되었다. 당시 워울프족의 표적이 된 메리다와 엘리제를 무사히 도시에서 내보내는 방법으로 쿠퍼는 역을 의지했다. 차장의 안내를 받아 화물차에 몰래 탑승시킬 계획이었다.

──실패로 끝났지만.

그는 나름의 문제를 안고 있었고, 끝내 쿠퍼 일행의 탈출계획을 워울프족에게 전달하고야 말았다. 결과, 탈출 직전에 적이 역으로 대거 들이닥치는 사태가 되어…… 쿠퍼 일행은 본래의 계획에서 크게 탈선하면서 뿔뿔이 흩어지고 말았다.

차장에게도 부득이한 사정이 있었던 모양이다.

다 이해한다는 듯이 쿠퍼는 온화한 음성으로 물었다.

"인질로 잡혔다는 가족은 그 후 무사했습니까?"

"아, 네에, 네. 더, 덕분에, 네……!"

"정말로 다행입니다."

쿠퍼는 이제야 컵에 입을 댄다.

은근슬쩍 덧붙이며.

"그렇지 않으면 저희가 고생한 의미가 없겠죠."

"으윽, 으……. 으으……."

"아아, 비난하는 건 아닙니다. 얼굴을 드세요."

쿠퍼가 그렇게 말해도 더욱더 거북이처럼 움츠러들고 마는 차장이다.

쿠퍼는 팔짱을 끼고 계속해서 고개를 끄덕였다.

"덕분에 저와 아가씨는 팔자에도 없는 도망생활을 해야 했습니다만—— 나쁜 것은 워울프족! 그렇지 않나요? 로제."

"완전히 동의해. 그 자식들한테 어찌나 지독한 꼴을 당했는지."

각본이라도 짠 것처럼 맞장구를 치는 로제티.

"우리를 빼내기 위해서 글레나 선배는 홀로 남아서 싸우고…… 개선문 지구에서 재회할 때까지 난, 정말로 선배가 죽은 건 아닌가 해서 제정신이 아니었다니까!"

"희생이라고 하니, 같은 성도 친위대인 아덴 씨의 용태는 어떻습니까?"

본래라면 메리다를 호위할 예정이었던 기사 중 한 명이다.

그 역시 솔선하여 강적에게 도전했다가 도리어 호되게 당했다.

로제티는 호들갑스럽게 어깨를 움츠렸다.

"큰일은 없지만, 임무에 복귀하기까지는 꽤 걸릴 것 같아. 워울프 괴물에게 몸이 우두둑! 하고 부러졌는데 왜 안 그렇겠어.

죽지 않은 게 기적이지."

"아하하!"

쿠퍼는 쾌활하게 웃어넘겼다.

"하마터면 희생자가 둘은 나왔겠군요!"

차장은 결국 소파에서 뛰어내렸다.

바닥에 넙죽 엎드려 깊숙이, 더 깊숙이 머리를 숙인다.

"제가 어리석었습니다! 말씀대로입니다! 기사님 말씀이 전적으로 옳습니다!!"

"이러지 마세요. 차장님은 아무런 잘못도 없습니다만——."

작위적으로 서론을 말하고 쿠퍼는 고한다.

"정 마음에 걸리신다면, 부탁을 하나, 들어주시겠습니까?"

"부, 부탁……?"

"다가오는 라이 페어 축젯날에 열차를 하나 통째로 빌리고 싶습니다."

명료한 어조로 쿠퍼는 이야기를 꺼낸다.

라이 페어 축제를 즐기는 매우 호화스러운 방법. 바로 축제의 밤에 열차를 타고 도시를 뛰쳐나가 프란돌 외곽을 돌면서 현란하고 호화로운 불꽃놀이를 감상하는 것이다.

물론 열차를 전세 내기에 쿠퍼와 로제티의 포켓머니는 턱없이 부족하다.

그렇기에 《부탁》을 하러 온 거다.

차장에게 본래 허물 따위는 있을 리 만무하다.

잘못은 협박한 워울프족에게 있기 때문이다.

──그리고 그의 대답은?

조금 뚱뚱한 차장은 용수철처럼 일어났다.

손가락을 펴고 완벽한 경례.

날카롭게 말한다.

"최신예 차량으로 준비하겠습니다!!"

이 말을 듣고 쿠퍼와 로제티는 정말로 맛있게 홍차를 입에 머금었다.

"──그렇게 되었습니다, 아가씨들."

이야기가 정리되고 역의 조차장에 네 아가씨를 불러들인 쿠퍼와 로제티.

네 공작 가문 영애들은 자신들의 전세 열차를 "우와아." 하며 올려다보았다.

"열차를 통째로 빌려 파티라……."

"백만장자가 아니고선 할 수 없는 라이 페어 축제를 즐기는 방법입니다. 파티장이 끊임없이 이동한다면 세간의 시선은 도저히 닿을 수 없을 테지요."

"굉장해요, 쿠퍼 선생님!"

네 소녀가 순수하게 감사의 눈빛을 보내자 쿠퍼도 기고만장한다.

이로써 세간의 이목 문제는 클리어──.

남은 것은 참가자들이 모여 주느냐 아니냐다.

라이 페어 축제까지 얼마 남지 않았다. 쿠퍼는 주위에 모인 소녀들에게 척척 지시를 날렸다.

"로제와 엘리제 님은 한발 먼저 파티 준비에 착수해주세요. 파티장 꾸미기에 음료와 요리 준비……. 해야 할 일이 산더미입니다."

"오케이!" "알았어."

"그리고 메리다 님, 뮬 님, 살라샤 님——."

차례로 시선을 맞추고.

각각의 보석 같은 눈동자로부터 눈빛을 받으면서 쿠퍼는 말한다.

"세 분은 저와 함께 초대장을 드리러 가시죠. 페르구스 님과 알메디아 님 그리고—— 세르주 님에게."

† † †

첫 번째 초대손님은 셀레스트텔레스 개선문 지구에 있었다.

멀찍이 그의 뒷모습을 발견했을 때, 메리다의 가냘픈 등줄기도 떨리지 않을 수 없었다.

"아, 아버지……."

페르구스 엔젤은 우락부락한 흑철의 요새에서 의연하게 지휘하는 중이었다.

주위에는 적지 않은 숫자의 기사가 있다.

딸이라고 해도 말을 걸려면 상응하는 용기가 필요했다.

아무리 이전과 비교해 3대 기사 공작 가문의 결속이 강해져 있다곤 하지만——.

이 부녀의 어색한 거리감에는 아직 과제가 많은 것 같다…….

페르구스의 곁에는 끊임없이 기사들이 찾아오고 있고, 어떤 지시를 받으면 교대로 요새 이곳저곳으로 흩어진다. 도저히는 아니지만 일터를 견학하러 온 딸이 말을 걸 분위기는 아니다.

그렇게 이러지도 못하고 저러지도 못하고 있는 메리다와 쿠퍼를 보다 못한 걸까…….

손이 빈 잠깐의 짬을 이용하여 페르구스가 먼저 걸어왔다.

역시 둘의 존재는 알아차리고 있었던 모양이다.

"——무슨 용건이지?"

단도직입적으로 쿠퍼에게 묻는다.

쿠퍼는 일단 대답하지 않고 옆의 자그마한 주인을 내려다보았다.

그제야 페르구스도 메리다를 본다…….

"저, 저기, 아버지……. 이것을…………."

메리다는 간신히 그 말만 하고 초대장을 내밀었다.

페르구스는 눈살을 찌푸리고 초대장을 받아 들어 바로 내용을 확인한다.

바위 같은 음성으로 말했다.

"……라이 페어 축젯날에 파티를?"

"각하께서도 꼭 와주셨으면 합니다."

쿠퍼는 매끄럽게 끼어들었다.

옆에서 움츠러든 메리다의 어깨에 손을 대고.

"아가씨들이 평소 신세 지고 있는 저택의 모든 분에게 감사를 전하고 싶다고……."

"유감스럽게도 나는 바쁘네."

예상대로의 대답을 하고 페르구스는 초대장을 되돌려 준다.

쿠퍼는 물론 받지 않았지만, 메리다도 굳은 채 꼼짝 못 한다.

페르구스는 거듭 말했다.

"젊은이들끼리 모여 마음대로 하게나."

"……부담 없는 장소를 준비했습니다."

쿠퍼는 주변을 살피면서 작은 목소리로 덧붙였다.

그도 알메디아나 세르주와 파티를 즐기는 데 부담을 느끼기 때문이라고 생각한 것이다.

그러나 페르구스는 일단 초대장을 내리고 한탄스럽게 고개를 젓는다.

"아니, 정말로 얼굴을 비칠 틈도 없다. 조속히 셀레스트텔레스 개선문 지구의 군비를 정비해야 해. 지금, 내가 이곳을 비울 수는 없어……."

"기병단 단장의 후임은 슈나이젠 장군으로 정해졌다고 들었습니다만?"

등화 기병단(길드 페르닉스)은 재편이 한창이고, 본대에서 떨어져 있는 쿠퍼는 현황에 밝지 않다.

이전까지는 페르구스가 기병단 전군을 통솔하는 단장 역할을 맡고 있었다.

그는 지금 프란돌의 왕작이다.

이에 그 후임자로 발탁된 인물이 스카치 슈나이젠이라는 기사로……

지금은 그가 전군 지휘관인 이상, 인사 쪽도 전부 위임하면 되는 게 아닌지?

그렇게 말하고 싶은 듯한 쿠퍼의 눈빛에 페르구스는 씁쓸한 표정을 짓는다.

"슈나이젠은 뼛속까지 순혈사상가다."

"……세상에."

"놈이 단장직에 오르는 것은 막지 못했지만, 그 후의 인사까지 슈나이젠에게 맡기다간 기병단의 요직이 전부 순혈사상가로 채워질지도 몰라. ……그것만큼은 어떻게든 피하고 싶네."

만에 하나라도 주위에서 따지고 들지 못하도록 페르구스는 어울리지 않는 작은 목소리로 그렇게 말했다.

순혈사상가는 불순물이 없는 귀족의 피만을 최고로 치는 귀족 지상주의의 한 파벌이다. 그들은 정도의 차이는 있을지언정 평민과 자신들을 구별하는 선민의식에 물들어 있다.

작금, 귀족 계급의 위신이 흔들리기 시작한 정세에서 그것을 견지하고자 하는 그들 같은 파벌이 대두한 것은 필연이라고 하면 필연이지만——.

이대로라면 귀족과 평민과의 사이에 결정적인 골이 생기고 만다.

그 최악의 말로는 마나 능력을 방패로 한 압정…….

상당한 정신적인 피로를 떠안고 있는지 페르구스의 미간에는 깊은 주름이 새겨져 있었다.

"슈나이젠이 단장에 올라 그의 이전 지위가 비었다. 지금은 모두 그 자리를 호시탐탐 노리고 있다고 할 수 있지. 특히 순혈사상가 놈들…… 이 셀레스트텔레스 개선문 지구에서 요직을 획득하여 기병단의 중추부를 자신들이 점령하려는 속셈 같더군."

"그렇군요."

"슈나이젠의 뒷배가 있는 이상——."

하아, 페르구스는 무거운 한숨을 쉬고 고개를 젓는다.

"어지간한 사람으론 대항할 수 없다. 내가 어떻게든 해서 놈들의 생각대로 되는 일만은 저지해야 해."

페르구스의 후방에서 한 장년의 기사가 걸어왔다.

이쪽의 이야기가 끝나는 타이밍을 가늠하고 있었던 것 같으나 기다리다 지친 모양이다.

"……왕작님, 또 그자들이. 이번엔 필로소피아 연구소의 경비가 자기들 관할이라고 주장하고 있습니다. 국장이 그렇게 조처했다고."

"헛소리를 해대는군."

페르구스는 내뱉고서 발길을 돌린다.

왕작의 망토가 용맹스럽게 나부끼고 장년의 기사는 그 뒤를 따라간다.

분명 그의 이름은 콩혼…….

둘의 거리감을 보고 쿠퍼는 알아차렸다. 페르구스의 속마음은, 콩혼에게 요직을 맡기고 싶은 거다. 그러나 강권을 휘둘러

그를 발탁해봤자 부하들, 특히 순혈사상가들이 납득하지 않고 지휘 계통은 혼란해진다…….

그러면 군비를 정비하는 것이라 할 수 없다.

확실히, 파티에 얼굴을 비칠 상황은 아닌 것 같다.

이미 완전히 끼어들 수 없게 되어버린 메리다가 조심조심 쿠퍼의 얼굴을 올려다보았다.

"……어떡하면 좋을까요? 선생님."

쿠퍼는 아무렇지도 않은 듯이 대답했다.

"우선 따라가죠."

그런 이유로 페르구스와 콩혼의 발걸음을 붙지도 떨어지지도 않고 적당히 뒤쫓는다.

도착한 곳은 요새의 단련장이었다.

그곳에서는 밉살맞은 날카로운 목소리가 울리고 있었다. 완벽하게 차려입은 몇 명의 집단이 훈련에 힘쓰는 기사들에게 하나하나 트집을 잡고 있었다.

기사들은 성가셔서 견딜 수 없다는 표정이지만 그렇다고 함부로 굴 수도 없는 모양이다.

저 성가신 일파가 바로 소문의 순혈사상가들이다———.

"앞으로 무기고의 관리도 우리가 맡게 되었다!"

콧수염을 기른 한 명이 훈련 중인 기사의 손에서 검을 억지로 빼앗아 내던진다.

면죄부라도 되는 양 양피지 한 장을 내민다.

"슈나이젠 단장이 직접 내리는 지시다. 지금까지의 절차 일체를 변경하고 엄중화한다! 이제부터는 우리의 허가 아래 정해진 무기만을 차도록———."

"잠깐, 잠깐, 기다리게."

숨을 돌릴 틈도 없이 페르구스가 비집고 들어간다.

훈련 중인 기사들은 그에게 매달리는 듯한 눈빛이다.

반면 순혈사상가 일파는 재미있어하는 태도다.

"왕작님 아니십니까. 아직 성왕구에 돌아가지 않으셨습니까?"

"절차는 잠시 간략화하겠다고 결정했을 터. 하층 거주구는 지금도 란칸스로프의 위협에 놓여 있어 당분간 긴급 출동이 많아진다. 지휘 계통도 정리되지 않은 지금, 쓸데없이 서류 교환만 늘려서는———."

"그럼."

콧수염 순혈사상가는 정중하게 인사를 하고.

"지금 바로 저희에게 셀레스트텔레스 개선문 지구의 전권을 맡겨주십시오."

"……큭."

"그리하면 혼란 따윈 눈 깜짝할 사이에 수습될 겁니다. 호호호!"

주위의 기사와 콩혼은 그 대화를 매우 불쾌하게 지켜볼 뿐이다…….

과연, 이런 패거리가 호시탐탐 기회를 엿보고 있다면 페르구스가 파티에 한눈팔 수 없다는 것도 수긍이 된다.

쿠퍼는 절절히 납득하고, 메리다는 남겨 놓은 채 그들의 곁으로 향했다.

"저도 부탁드립니다, 왕작님."

페르구스가 뜻밖이라는 듯이 되돌아보았다.

쿠퍼는 가슴에 손바닥을 대고.

"부디 이 쿠퍼를 개선문 지구 총사령관에 발탁해주시기 바랍니다."

단련장이 술렁였다. 멀찍이 메리다도 숨죽인다.

콧수염 순혈사상가가 힐끗 시선만으로 쿠퍼를 꿰뚫었다.

"……자네는 뭔가?"

"송구하오나."

쿠퍼는 여봐란듯이, 분명히 고해주었다.

"셀레스트텔레스는 군사의 최중요 거점. 국민도, 병사도, 이 《최후의 요새》를 지키는 강력한 지휘관을 바라고 있습니다. 이쪽에 있는 분들은———."

거기서 비로소 순혈사상가 일파를 본다.

"떼로 몰려와도 역부족이 아닌가 싶습니다."

"뭐라고, 네 이놈……."

집단이 일제히 노기를 띠었다.

그런 가운데, 선두에 있는 콧수염 하나가 잽싸게 손바닥을 들어 제지한다.

든 손바닥으로 쿠퍼의 얼굴을 보란 듯이 가리켰다.

"분수도 모르는 놈이, 그 큰소리를 후회하게 만들어주지. '떼로 몰려와도' 랬다? 우리는 슈나이젠 단장 직속 정예부대! 그

무서움을 똑똑히 맛보게 해주마!!"

"그러면——."

쿠퍼는 쾌활하게 웃고, 허리에서 검은 칼의 칼집을 빼내고서 칼자루를 쥐었다.

"검으로 결판을 내면 되겠죠?"

——몇 분 후에 펼쳐질 광경을 메리다만은 또렷하게 예상했다.

쿠퍼는 첫 번째 사람의 숨골을 옆으로 후려치고.

"으갸악!"

두 번째 사람의 오른팔을 두들기고.

"허걱……?!"

세 번째 사람의 턱을 바로 아래에서 베어 올리고.

"꽤액……."

납도한 상태에서 네 번째 사람의 명치를 칼끝으로 콱 찔렀다.

"컥! 흐어어어억……!!"

마지막 한 명이 된 콧수염 순혈사상가는 무기를 손에 들고 와들와들 떤다.

"마, 마, 말도안돼……. 우리가……. 네, 네놈은누구냐……?!"

그를 처치하는 데 쿠퍼는 칼조차 필요로 하지 않았다.

팔이 부옇게 보이는 속도로 좌우의 볼을 갈기고 턱을 손바닥으로 꿰뚫는다.

낙법도 못 치고 콧수염은 바닥에 나동그라져 의식을 잃었다.

단련장의 기사들은 어느새 말문이 막혔다.

팔을 맞은 한 명이 바닥을 몸부림치며 뒹굴었다.

"뼈, 뼈가…… 뼈가 아파아아……!"

"부러지진 않았습니다. 아이고, 꼴이 그래서야 도저히 요직에는 오를 수 없겠군요."

쿠퍼는 연기를 하는 듯한 태도로 불끈, 머슬 포즈를 취했다.

"역시 이 쿠퍼 방피르만이 셀레스트텔레스 개선문 지구를 통솔할 자격이 있네요!"

"기, 기다리게, 자네."

과감하게 걸어 나오는 한 사람이 있다.

보다 못한 모습의 콩혼이다.

"이 이상의 행패를 못 본 체할 수는 없지. 아직 더 날뛰겠다면 내가——."

"이거 콩혼 장군님 아닙니까."

쿠퍼는 즉각 검은 칼을 허리에 거두고 인사를 한다.

당황한 모습의 콩혼에게 고한다.

"당신에게 덤빌 수는 없습니다."

"으, 음……?"

"셀레스트텔레스 개선문 지구의 최고 사령관이 될라치면 무력만이 아니라 품성 그리고 인덕이 요구됩니다. 저로서는 역시 짐이 무겁습니다……."

선선히 웃는다.

"그런고로 사퇴하겠습니다."

확 발길을 돌리고 쿠퍼는 기다리게 했었던 메리다의 곁으로 향했다.

그 모습을 바라보는 전원은 아연실색하고 있다.

바닥에 뻗은 순혈사상가들과, 그 중심에 선 콩혼…….

여기서, 이 자리에서 《요직》을 뽑는다고 한다면 누구일까?

"……콩혼."

페르구스가 위엄 있게 그에게 걸어갔다.

"자네에게 셀레스트텔레스 개선문 지구를 맡겨도 되겠는가?"

쿠퍼는 메리다의 등에 손을 대고서 전말을 확인하지 않고 떠난다.

그 뒷모습을 장엄하기까지 한 경례 소리와──.

기사들의 커다란 박수갈채가 덮었다.

† † †

두 번째 초대손님은 홍유(虹油) 정제구 《오하라》에 있었다.

쿠퍼가 뮬을 데리고 향한 곳은 환상의 0번가에 세워진 라 모르 가문의 은신처. 알메디아 여공작은 요즘 그곳을 근거지로 삼고 있다.

"나는 파티 따윈 가지 않아."

사정을 듣자마자 알메디아는 매정하게 그리 말했다.

모처럼 사랑하는 딸이 찾아왔는데도 그녀는 시선조차 돌리지 않는다. 지독히 바쁜 듯이 선반 앞을 왕복하며 서류를 넣고 꺼내고 하고 있다.

알메디아는 뒤돈 채로 이렇게 계속 말했다.

"워울프족이 《감광 정책》 같은 짓거리를 펼친 덕분에 넥타르의 정제와 공급 라인이 뒤죽박죽된 상태야. 이대로라면 등불 하나 제대로 켜지 못하는 지구가 나오고 말 거다. 무엇보다 오하라는 밴디트족의 습격을 받았어……. 내가 모습을 보여줘서 민심을 다스릴 필요가 있다."

특별히 묻지도 않았는데 사정을 훌훌 떠든다.

아무래도 상태가 이상하다……. 쿠퍼는 어렴풋이 눈치챘다.

알메디아는 계속해서 일에 몰두한 척을 하며 말한다.

"세르주를 부르고 싶은 거지? 질책은 하지 않을 테니 마음대로 하거라."

쿠퍼는 옆의 뮬과 마주 보고서 가볍게 어깨를 으쓱했다.

──바쁜 것은 진짜겠지.

그러나 어떻게든 시간을 만들면 파티에는 올 수 있어 보인다.

다만 알메디아는 그것을 거부하고 있다…….

세르주와 얼굴을 대하기 거북해서 그런지도 모른다.

혹은 역시 세간의 시선을 신경 쓰는 것인가──.

쿠퍼는 자신을 납득시키듯이 짧게 여러 번 고개를 끄덕였다.

혀로 입술을 적시고 이렇게 말한다.

"──네. 그렇게 말씀하실 거라 생각했기 때문에, 파티에 나오십사 권유하러 온 것은 아닙니다."

"음?"

알메디아는 거기서 충격에 빠진 것처럼 뒤돌아보았다.

멍하니 눈을 동그랗게 뜨고.

"그, 그러냐?"

"억지로 저희와 함께하게 할 수는 없으니까요."

"그렇다면——."

당연한 의문이 여공작의 입에서 튀어나온다.

"너희는 오하라 변방까지 대체 뭘 하러 온 거지?"

대답 대신에 쿠퍼는 쾅! 하고 책상 위에 나무 궤짝을 여러 개 올려놓았다.

뮴이 궤짝 하나를 열고 안에 든 와인병을 집어 든다.

그녀가 여봐란듯이 늘여 놓는 것을 본체만체하고 쿠퍼는 대답했다.

"파티의 음료와 식재를 조달하러 온 겁니다."

"그 술은……?!"

알메디아는 갑자기 테이블에 몸을 내밀고 집어삼킬 듯이 병을 쳐다봤다.

"그 이상야릇한 핏빛 와인은 대체……?! 모르겠다——마신 적 없는 거야——이 내가 모르는 술이라고……?!"

파티에 오지 않는 그녀와는 관계없는 이야기이므로 대신 뮴이 묻는다.

"쿠퍼 님, 이 와인은 뭐예요?"

"이것은 와인 농가조차 없는 어느 유별난 사람이 동료 몇 명과 즐기기 위해서 채산성을 도외시하고 주조하는 비장의 와인입니다. 그의 술친구가 오하라에서 바를 영업하고 있거든요———. 이 거 참, 운 좋게 나누어 주셔서 천만다행이었습니다."

쿠퍼는 병을 건네받고 천장의 빛에 반사해 보더니 궤짝으로 되돌린다.

여공작은 기린처럼 목을 늘리고 병이 간 곳을 좇으려 하고 있었다.

쿠퍼는 천연덕스럽게 덧붙인다.

"파티의 식전주로 대접할 예정입니다."

"……."

"초대 손님 여러분은 운이 좋아요! 이 와인을 마실 수 있는 것은 프란돌에서 틀림없이 몇 명뿐일 겁니다. 이 기회를 놓치면 다시는 맛볼 수 없을 게 확실합니다."

여공작이 꿀꺽 침을 삼키는 동안 뮬은 다음 궤짝을 열었다.

그쪽에는 물고기 한 마리가 통째로, 빈틈없이 깔린 얼음에 놓여 있었다.

당장에라도 헤엄치기 시작해 은하수를 거슬러 올라갈 것만 같다.

"쿠퍼 님, 이쪽은?"

"잡혀도 며칠은 신선도를 유지한다는, 미식가들이 바라 마지않는 희소한 해산물입니다. 이것은 생으로 먹읍시다. 새빨간 생선살의 산뜻한 식감……. 거기에 얼얼하게 자극적인 양념과 담백한 조미료를 곁들여 한입에 먹으면———."

우물, 하고 명연기로 투명한 생선살을 먹어 보이는 쿠퍼.

너무나 맛있어서 몸을 떠는 연기까지, 현장감이 넘친다.

"──아아, 파티 날이 빨리 왔으면! 요리할 맛이 나겠어요."

"저도 기대되어요."

목을 늘리고 있었던 알메디아의 코앞에서 뮬은 뚜껑을 탕 닫았다.

그리고 쿠퍼와 뮬은 의기양양하게 나무 궤짝을 안고 발길을 돌린다.

사료를 앞에 놓고 먹지 못하게 한 개처럼 여공작을 내버려 두고…….

알메디아는 답답한 듯이 손을 뻗어왔다.

"너, 너, 너, 너희!"

"아, 여공작님──."

쿠퍼는 문득 떠오른 것처럼 뒤돌아보고 현관 옆의 찬장에 선물을 두고 간다.

봉투 한 통이다.

"파티 초대장은 일단 여기 두고 가겠습니다."

그길로 대답을 듣지 않고 쿠퍼와 뮬은 은신처를 뒤로했다.

과연 이걸로 마음이 기울었을지 어떨지는──.

문을 닫기 직전 여공작의 눈빛이 웅변하듯 말하는 것처럼 보였다.

† † †

마지막 초대 손님은 성왕구의 왕성에 있었다.

아니, 정확히는 있어야 했다…….

쿠퍼와 살라샤가 만나러 가자 타이밍 나쁘게도 자리를 비웠다고 한다. 안내받은 객실에서 기다리고 있었던 것은 목표인 세르주가 아니라 그 사촌 남매였다.

쿠샤나 쉬크잘은 전장과는 일변한 정숙한 드레스를 입고 있다.

그러나 길게 째진 눈과 역전의 전사 분위기는 여전하다.

"일부러 와줬는데 미안하다, 살라샤."

부드러운 음성으로 쿠샤나는 말한다.

쿠퍼가 그녀와 만났을 때는 대체로 긴장을 늦출 수 없는 전장이었지만…….

지금 이 말씨가 쿠샤나의 평소 모습이리라.

현재 쿠샤나는 매우 어중간한 처지였다. 한때는 왕작의 목숨을 노리는 무엄한 인간으로 취급받았었다. 그런데 그 세르주가 혁명을 일으켰으니 쿠샤나는 홀로 진실을 알고 싸우고 있었던 고고한 전사라는 이야기가 되고…….

그런가 했더니 그녀는 혁명의 막판에서 세르주에게 가담했다. 함께 죄를 물어야 할 것인지, 아니면 은사를 내려야 할 것인지, 누구도 판단하기 어려운 상태다.

그런 사촌 자매의 맞은편에 앉아 살라샤는 고개를 젓는다.

"오빠는 참, 이제 공작이 아닌데도 바쁘네요."

"너희가 오는 것과 동시에 자리를 비웠어. 프리마 베라의 엔

지니어들이……. 그, 영구기관의 제어방법에서 세르주만 판단할 수 있는 것이 있다고 해서."

왠지 모호하게 말하면서 쿠샤나는 힐끔힐끔 여기저기 시선을 굴리고 있었다.

쿠퍼는 눈살을 찌푸렸고, 이내 알아챘다.

쿠샤나가 은근히 신경 쓰고 있는 객실 구석…….

그 커튼 하단에 발이 나 있다.

추리할 필요도 없다. 바로 저기 숨어 있다…….

몇 초 늦게 살라샤도 쿠퍼의 시선이 향하고 있는 곳을 알아챘다.

깜짝 놀라 숨을 멈추고, 이어서 몹시 어이없다는 듯이 어깨를 떨군다.

쿠샤나도 말없이, 막막하다는 표정으로 고개를 흔들었다.

──요컨대 문제의 《그 사람》은 급한 용건이 생긴 게 아니라 살라샤와 쿠퍼가 면회하러 왔다는 말을 듣고, 황급히 변명을 지어내고 방 뒤에 숨은 것이다.

살라샤는 큰 한숨을 쉬고 소파에서 일어나려고 했다.

그 어깨를 쿠퍼가 살며시 막는다.

"……쿠퍼 선생님?"

올려다보는 그녀에게 일단 대답하지 않고 쿠퍼는 초대장 두 통을 꺼냈다.

테이블 위에 조금 비켜 놓는다.

"그럼 쿠샤나 님, 저희는 이만 실례하겠습니다. 초대장을 세르주 님에게도—— 당일은 꼭 두 분이서 와주십시오."

"…………."

"진심으로 기다리고 있겠습니다."

부자연스럽게 부푼 커튼은 마지막까지 대답하지 않았다.

살라샤를 대할 낯이 없는 것이다.

파티 따위 당치도 않다고 생각하고 있는 게 틀림없다.

살라샤는 말해주고 싶은 것이 산더미일 것이다. 하지만 그것을 참게 하고, 쿠퍼는 그녀를 데리고 소파에서 일어났다. 쿠샤나의 배웅을 받고 객실을 뒤로한다.

끝내, 목적인 《그 사람》과는 얼굴도 맞대지 않은 채——.

라이 페어 축제까지 시간은 별로 남아 있지 않다.

그날부터 쿠퍼에 로제티 그리고 메리다와 엘리제, 살라샤와 뮬 6명은 수면 시간도 아껴가며 파티 준비에 매달리게 되었고——.

눈 깜짝할 사이에 약속의 날이 찾아왔다.

† † †

라이 페어 축제의 밤, 메리다 일행이 전세 낸 열차는 성왕구 역에 정차해 있었다.

그곳이 초대장에 적은 약속 장소다.

약속 시각이 애를 태우듯이 다가온다…….

이미 저녁부터 축제는 시작됐고, 도시 방향에서는 형형색색의 불빛이 떠오른다.

메리다 일행의 열차만 떠들썩한 소리 바깥에 외따로 남기고──.

영애들 네 명은 연신 불안을 입에 담고 있었다.

"아무도 와주지 않으면 어떡하지?"

네 개의 머리색이 안절부절못하고 우왕좌왕한다.

그것도 당연한 것이…… 열차 안의 라운지는 세팅이 완벽히 끝나 있고, 파티 준비는 만반이다. 하지만 참가자가 모이지 않으면 허전할 뿐이다.

그런 가운데 쿠퍼와 로제티는 침착해 보였다.

아가씨들을 불안케 하지 않도록 속마음을 숨기고 의연하게 대비하고 있다.

"괜찮아, 다들."

로제티는 약간 허세 부리는 말투로 장담했다.

"아무도 안 오는 일은 없겠지."

그 말대로──.

집합 시각 30분쯤 전부터 사람들의 모습이 속속 플랫폼에 나타났다.

맨 먼저 온 것은 세 가문의 하인들이다. 저마다 초대장을 지닌 메이드와 집사, 정원사에 요리사 등── 사복에 앞치마까지 입고 마중 나온 영애들의 모습에 다들 감격한 표정이 된다.

메리다 저택의 에이미 일행의 모습도 보인다! 눈물을 다 글썽이고 있다.

"아아, 아가씨! 이렇게 멋진 모임에 초대해 주셔서……."

"에이, 오늘은 여러분이 손님이거든요?"

기뻐하고 있는 것은 메리다 일행 쪽이었다. 학수고대한 것처럼 그들의 팔을 당기고, 등에 손을 대고 열차 안으로 초대한다.

바로 아는 사이끼리 환담이 시작되고 금세 라운지는 떠들썩해졌다. 기분 탓인지 빛이 늘고 온도가 오른 것같이도 느껴진다.

그리고 약속 시각 15분 전에──.

위엄 있는 망토를 나부끼는 대장부가 플랫폼을 찾았다.

비서 한 명 동반하지 않은 페르구스 엔젤이다.

메리다는 이때만은 들뜬 목소리로 까탈스러운 부친을 마중 나갔다.

"아, 아버지……!"

페르구스는 "크흠." 헛기침하고 가볍게 얼굴을 돌린다.

"……그, 콩혼과 기사들이 무조건 가라고 해서."

말이 끝나기도 전에 쿠퍼는 공손히 쟁반을 내밀었다.

"웰컴 드링크입니다, 나리."

페르구스는 유리잔을 하나 집어 들고 신비한 색조의 액체를 빛에 비춘다.

"희한한 향기군."

그 향기에 끌려온 것은 아닐 테지만──.

이어서 한 사람이 플랫폼에 발을 디뎠다. 호화로운 드레스 차림의 알메디아 라 모르다. 그녀는 쿠퍼와 뮬이 무언가를 말할 틈도 주지 않고 지나가며 쟁반에서 유리잔을 집어 들고 트랩에 발을 올리더니.

"……생각보다 일이 빨리 정리됐느니라!"

묻지도 않았는데 그렇게 내뱉고 차내로 들어가 버렸다.

저도 모르게 얼굴을 마주 보고 웃음을 터뜨리는 쿠퍼 일행 여섯 명.

이로써 초대장을 받은 상대는 두 명 남았다──.

열차 출발, 불과 5분 전이 되어.

그 두 사람 중 한쪽이 한껏 멋을 내고 플랫폼에 나타났다.

"쿠샤나 언니……."

살라샤는 종종걸음으로 사촌 자매를 마중 나가나, 조금 복잡한 표정이 된다.

"……오빠는."

쿠샤나는 화장한 미모를 근심의 빛으로 물들였다.

"이미 늦었어."

다른 말은 없다.

동시에 주변에 울려 퍼지는 기적──.

살라샤는 퍼뜩 얼굴을 들고 뛰기 시작했다.

다른 선로에서 지금 바로 역을 미끄러져 나가는 열차 하나가 있다. 검은 연기를 성대하게 내뿜으며 속도를 올린다. 살라샤가 막다른 난간에 도착했을 때는 이미 늦었다.

드높이 기적을 남기면서 열차의 뒷모습이 멀어져간다.

작별 인사를 하듯이…….

"오늘 밤 성왕구에서 나가는 마지막 열차야."

쿠샤나가 멀리서 사촌 자매의 뒤에 소리쳤다.

"세르주는 저 열차를 타고 떠난 거야. 네게 안부 전해달라고 했었어."

살라샤는 뒤돌아보지도 못한다.

쿠샤나도 안타까운 듯이 외면하고 트랩을 올라 차내에 들어간다.

——이제 여기서 기다리고 있어도 찾아올 초대 손님은 없다.

메리다와 엘리제, 뮬은 시선으로 의견을 주고받고 있었다. 로제티가 그런 제자들의 어깨에 손을 올린다.

지금은 가만히 두자, 라는 결론에 도달한 모양이다.

소녀들이 차내에 모습을 감추고 플랫폼에는 쿠퍼와 멀리 떨어진 살라샤의 뒷모습만이 남았다.

쿠퍼는 발소리를 내지 않게끔 살며시 그녀의 곁으로 걸어간다.

이미 한참 전에 보이지 않게 된 열차를 살라샤는 마냥 쳐다보고 있었다.

똑같이 옆에 나란히 서서 쿠퍼는 말한다.

"박정한 사람이군요."

살라샤의 어깨가 움찔 떨렸다.

쿠퍼는 굳이 큰 소리로 열을 올려 말해준다.

"동생분이 이렇게 걱정하고 있는데, 명색이 오빠라는 양반은 벌써 신천지에 빠진 것 같네요? 어차피 야계에는 어떤 만남이

기다리고 있을까 하고, 남겨진 저희는 요만큼도 신경 쓰지 않는게 틀림없습니다."

"……진짜!"

살라샤는 큰 한숨과 함께 동의했다.

그리고 깜빡한 듯이 속삭인다.

"못난 오빠."

쿠퍼는 그런 그녀의 어깨를 뜨겁게 끌어안았다.

어느샌가 그 한 손에는 식전주 유리잔이 쥐어져 있었다.

"저런 오빠 따윈 잊어버리지 않겠습니까?"

"네?"

"제가 잊게 해 드리죠——."

살라샤의 입가에 유리잔을 가까이 댄다.

떠오르는 향기를 조금 들이마신 것만으로, 어린 소녀의 머리는 어질거렸다.

말할 것도 없이 얼굴은 새빨갛지만, 어깨가 꼭 안겨 있어 달아날 수도 없다.

"어, 저, 저기, 쿠, 쿠퍼 선생님……??"

"괜찮지 않습니까, 이제 저 과보호하는 오빠도 없으니. 오늘 밤은 둘이 서로를 위로하면서 한 걸음 먼저 신혼처럼 보내는 것도——."

"네, 네……. 뇌에에에에에에에에?!"

살라샤 혼자였다면 연모하는 사람의 열렬한 기세에 휩쓸려 버렸을지도 모른다.

──따라서, 그것을 막기 위해 허겁지겁 플랫폼에 뛰어들어 온 사람이 있었다.

무거운 트렁크에 휘둘리면서 멈추어 서고, 헐레벌떡 소리친다.

"기, 기, 기다리게, 쿠퍼 군!!"

"저런."

"확실히 너희의 교제를 권하긴 했었지만, 절도를 잊어선 안 돼! 최소한, 그래, 살라샤가 도트리슈를 졸업할 때까지는……!"

살라샤는 꿈에서 깬 것처럼 뒤돌아보고 얼빠진 목소리로 놀란다.

"오, 오빠?!"

다름 아닌, 이미 이곳에는 없어야 하는 세르주 쉬크잘이 겸연쩍게 얼굴을 돌린다. 쿠퍼는 진즉에 깨끗이 살라샤의 어깨에서 손을 뗐다.

사태를 이해하지 못한 쉬크잘 남매에게 만족스러운 표정으로 설명한다.

"살라샤 님은 초대장을 드리러 간 그날부터 파티 준비에 매달리고 한 번도 오빠를 만나지 않았었죠?"

살라샤는 분주하게 쿠퍼의 얼굴을 쳐다보고 꾸벅 고개를 끄덕인다.

세르주는 꾹 잠자코 있긴 하나 약간 원통한 눈빛이다.

"야계 조사 임무를 떠나면 당분간은 돌아올 수 없죠──."

쿠퍼는 확신을 가지고 말한다.

"그렇다면, 그 전에 한 번, 살라샤 님의 모습을 봐두고 싶어 할 거라고 생각했습니다……. 설령 열차를 떠나보내더라도 말이죠?"

세르주는 남은 오른팔로 단호히 쿠퍼의 얼굴을 가리켰다.

"자네는 역시 교활하군."

"이런, 당연히 알고 계시는 줄……."

"아니, 그래도 건강해 보이는 모습을 볼 수 있어서 좋았어."

세르주는 성급히 트렁크를 들어 올리고 발길을 돌리려 한다.

"나는 이제 갈게."

"잠깐만요, 오빠!"

놓아줄 수 없다며 바로 뒤따라가 매달리는 살라샤.

등 쪽에서 오빠의 허리와 텅 빈 왼쪽 소매를 단단히 쥔다.

기어들어가는 목소리로.

"……초대장 가지고 있죠?"

세르주는 절대로 돌아보지는 않은 채 고개를 젓는다.

"내게 참가할 자격은 없어. 페르구스 공과 알메디아 공도 있 잖아?"

"그렇지 않아……!"

"괜찮아! 모두의 마음이 고마워. 그것만으로 나는 충분해."

……옆에서 보기에도, 가라 하기에도 오라 하기에도 어려운 상황이 되고 말았다.

바로 이때 딱딱한 목소리가 날아왔다.

"언제까지 밖에 있을 셈인가?"

세 사람이 깜짝 놀라 돌아보았다.

승강구 주위에서 메리다와 뮬이 마른침을 삼키며 지켜보고 있다.

그리고 트랩에 발을 올리고 있는 것은 다름 아닌 페르구스 엔젤──.

세르주의 등줄기가 굳는다.

페르구스는 조금도 웃지 않고 미간에 힘을 준다.

"……자네는 오늘부터 야계로 임무를 떠날 예정 아니었나?"

세르주는 황공하여 가슴에 손을 대고 인사를 한다.

"말씀하시는 대로입니다. 지금 바로……."

그리고 눈을 맞추지 않은 채 발길을 돌리려고 한다.

그 뒷모습에 페르구스는 다시 목소리를 끼었었다.

"어떻게 갈 셈인가?"

"헉……."

"이미 오늘 마지막 열차는 떠나 버렸어."

듣고 보니 그렇다.

젊은이들이 말을 잇지 못하는 가운데, 페르구스가 거침없이 말했다.

"자네가 지금부터 늦지 않게 출발하려면 수단은 딱 한 가지밖에 없네."

그러고 나서 기관차량 쪽에 소리를 지른다.

"차장! 이 열차는 하층 거주구 오하라에 들르는가?!"

플랫폼에 목소리가 메아리치고, 곧 "들르고말고요!"라는 대답이 온다.

그 대답이 들리기 전부터 페르구스는 고개를 여러 번 끄덕이고 있었다.

다시 한번 세르주를 보고.

"뭘 하고 있어."

발길을 돌린다.

"——타게나."

세르주는 아연실색하여 그 뒷모습을 바라볼 수밖에 없었다. 쿠퍼는 웃음을 참으면서 그의 트렁크를 맡고 차내로 들인다. 그리고 살라샤는 열차의 창으로 새어 나오는 따뜻한 빛을 짊어지면서——.

오빠의 오른손을 당겼다.

"가자? 오빠."

외팔인 그가 나타났을 때, 라운지의 모든 사람들은 순간 숨을 죽였지만.

"——왜 이리 늦었어! 뭘 하고 있었던 게냐!"

벌써 거나하게 취한 불그레한 얼굴의 알메디아 여공작이 그 침묵을 떠내려 보냈다.

이로써 초대장을 받은 사람이 빠짐없이 전원 모였다——.

메리다, 엘리제, 살라샤, 뮬 네 명은 벽 쪽에 나란히 서서, 친애하는 사람들의 시선을 모으며 긴장한 표정으로 유리잔을 든다.

"그, 그러면 여러분……. 마음뿐이긴 합니다만 하늘의 신부를 축하하는 잔치를, 함께 즐겨주세요── 건배!"

건배!! 합창에 이어서 시원한 유리잔의 음색이 겹치고.

동시에 출발을 알리는 기적이 화려한 파티의 개막을 고했다.

† † †

그 후 메리다, 엘리제, 살라샤, 뮬 네 명에게는 숨 돌릴 틈조차 없었다. 끊임없이 주방을 왕복하고, 빈 접시를 치우곤 다음 요리를 준비하고, 나른다.

그런 그녀들을 대견하게 지켜보면서 세 가문의 하인들은 여간해선 먹을 일 없는 영애들이 손수 만든 요리에 입맛을 다신다.

모두를 기쁘게 하려고 연습을 거듭한 만큼, 양념과 제공하는 순서까지 실수가 없다.

선생님들도 편히 있으세요! 라는 말까지 들어서 쿠퍼와 로제티는 같이 느긋하게 유리잔을 기울이며 파티의 광경을 지켜보고 있었는데.

……곰곰이 생각해보니 외팔인 세르주에게 파티는 조금 힘들지 않을까?

싶어서 그를 둘러싸는 무리에게 눈길을 주자.

"자, 도련님. 아~앙 하고 입을 벌려주세요!"

……쉬크잘 가문의 시녀들이 앞다투어 포크를 내밀고 있었다.

그렇다 해도 세르주의 입은 하나이므로 그녀들은 당연하지만 경쟁하기 시작했다.

"잠깐만! 도련님은 지금, 내 요리를 드시려 하고 있거든!"

"어머, 연공서열이라는 거 모르니?"

"요리만 드셔선 혀가 지쳐버려요. 이쪽의 음료수를 드세요, 도련님!"

"으아, 큰일 났네."

전혀 그 말대로는 보이지 않는 쾌활한 세르주다.

"이렇게 많이 먹으면 배가 가라앉아 버릴 거야!"

"참 즐거워 보이네, 세르주……."

그런 그의 사촌 남매이자 약혼자가 관자놀이를 움찔움찔 떨고 있었다.

지금까지 쿠샤나는 세르주를 배려해서 입을 맞추고 있었다.

"사람이 모처럼 걱정해주고 있었는데……!"

그녀가 움켜쥐는 포크의 끝이 세르주의 목구멍 깊숙한 곳까지 처박히지 않기를 기도할 뿐이다…….

쿠퍼가 쓸데없는 걱정을 품고 있으니 관록 있는 인물이 다가왔다.

페르구스 엔젤이다. 빈 유리잔을 든다.

"자네, 술을 따라주겠나."

"각하 아니십니까."

쿠퍼는 즉시 테이블에서 병을 집어 들었다.

보석을 녹인 것 같은 액체를 적정량 붓는다.

페르구스는 유리잔을 들어 올린 다음 떠나기 전에 쿠퍼의 어깨를 한 번 두드렸다.

"——고맙네."

그의 손바닥의 감촉에 쿠퍼는 저도 모르게 눈을 휘둥그레 뜨고 말았다.

그 의미를 생각할 겨를도 없이 다음 손님이 정답게 다가온다.

요염함보다 술내가 두드러지는 알메디아 라 모르다.

"이봐, 귀축 교사! 잘도 이렇게까지 프란돌의 진미를 모았구만!"

——우와, 엄청 취하셨어요.

그렇다고 해서 물러날 수도 없이, 쿠퍼는 빳빳한 억지웃음을 띠어 보였다.

"대부분은 아가씨들의 아이디어입니다. 저는 그저 식재를 조달한 것에 불과합니다."

"음, 잘했어!"

여공작의 손이 쿠퍼의 어깨를 팡팡팡 때린다.

페르구스가 만진 것과 똑같이.

"——정말 잘해주었어."

그때가 되어 쿠퍼는 겨우 깨달았다.

알메디아는 확실히, 상당히 취했지만…….

지금은 제정신이다.

하지만 그녀 역시 반문할 틈도 없이 쿠퍼에게서 멀어져 간다.

그것이 《공작》이라는 입장을 짊어진 그들 나름의——

한 줌의 마음을 표현하는 방법이라고 말하려는 듯이.

이윽고 열차는 프란돌의 외곽을 사치스럽게 돌면서 하층으로 내려가고——.

최하층 구획인 오하라 역에서 멈췄다.

여기서 도중하차 하는 것은 단 한 명. 트렁크를 손에 들고 트랩을 내려가는 세르주는 정말로 과식한 모양이다. 옷깃을 가볍게 풀고 있었다.

웃고 있다.

"이렇게 떠들썩한 출발이 될 줄은 생각도 안 해봤어."

배웅하러 나온 쿠퍼는 쓴웃음을 지으면서 어깨를 으쓱한다.

살라샤와 쿠사냐를 비롯한 모두와는 이미 차내에서 인사는 마쳤다.

떠나는 모습은 그다지 보이고 싶지 않다고 한다.

쿠퍼 이외에는.

라운지의 창에서는 지금도 웃음소리와 음악과 빛이 흘러넘치고 있다.

세르주는 눈부신 듯이 올려다보았다.

"나는 또 이곳에 돌아오고 싶어. 진심으로 말이야."

그리고 오른손을 내밀어온다.

쿠퍼는 망설임 없이 쥐려고 했고——.

닿았다고 생각한 직후에 세게 끌어 당겨졌다.

뭐가 뭔지 모르는 사이에 외팔인 그에게 허그를 당한다.

귓가에서 낮은 목소리가 났다.

"──고마워, 내 친구."

쿠퍼로서는 당황하고 있을 때도 아니라 황급히 그의 어깨를 밀었다.

"이러지 마세요, 덥습니다."

"이런, 신기하군. 부끄러워서 그래?"

"아닙니다."

아연실색하며 의식적으로 등줄기를 펴는 쿠퍼.

──애당초 내가 고맙다는 말을 들을 만한 일을 했나?

조금 연상인 세르주는 큭큭, 우습다는 듯이 엷게 웃었다. 그리고 다시 지면에서 트렁크를 집어 들고 유유히 발길을 되돌린다.

그의 전장으로…….

"그럼, 다녀오겠다."

쿠퍼는 가슴에 손을 대고 인사했다.

"다녀오십시오."

천정에서는 지금도 불꽃이 터지고 있다.

강렬한 빛은 하계에 그림자를 남긴다.

세르주의 뒷모습은 머지않아 그 어둠에 녹아 사라졌다.

쿠퍼는 출발의 기적 소리가 재촉할 때까지, 그대로 가만히 서 있었다.

† † †

심야 12시와 함께 축제는 끝난다.

성왕구에서 오하라로 내려간 열차는 같은 시간을 들여 출발역으로 되돌아왔다. 물론 도중에 초대손님들을 가장 가까운 역에 내려주면서 말이다. 라 모르 가문, 쉬크잘 가문의 하인들. 메리다 저택의 에이미를 포함한 하인들. 페르구스에 쿠샤나와 알메디아도 내리고, 종국에는 쿠퍼와 로제티, 네 아가씨만이 남았다.

이 여섯 명은 뒷정리를 마치고 열차를 반납해야 한다.

파티 준비와 막상막하로 뒷정리에도 시간이 걸릴 것 같다!

그 이유는…….

한산한 라운지로 돌아와 쿠퍼와 로제티는 킥 웃고 서로 마주본다.

"뒷정리는 저희 둘이서 해놓을까요?"

왜냐면, 소파에서 네 명분의 잠든 숨소리가 들려오기 때문이다.

준비부터 오늘까지, 완전히 녹초가 됐을 것이다. 파티가 대성공으로 끝나 긴장의 끈이 끊어진 탓도 있겠지. 소파에는 네 명의 영애가 에이프런을 입은 채로 서로 기대어 깊은 잠에 푹 빠져 있었다.

이 천사들의 볼을 집어 깨운다니, 당치도 않다.

로제티가 작은 목소리로 속삭이고 발길을 돌린다.

"객실에서 이불을 가져올게."

어차피 오늘 하루 통으로 빌린 열차다. 그녀는 문소리에도 신경 쓰면서 복도로 향했다.

쿠퍼는 라운지의 조명을 줄였다. 부드러운 어슴푸레한 빛이 천사들의 숨소리를 감싼다.

——문득, 뭐라 할 수 없이 감개무량한 기분이 들었다.

이런 감정은 뭐라고 부르는 걸까?

아직 한창 배우는 중이다. 쿠퍼는 자신의 기억을 거슬러 올라갔다.

메리다의 성장을 간절히 바라고 단련 상태를 확인했을 때.

엘리제의 임시 가정교사로서 정신통일의 극의를 전수했을 때.

살라샤와 뮬과 함께 죽은 그랜마의 소원을 헤아렸을 때——.

그녀들이 자신에게 해준 말이 지금의 쿠퍼에게도 정확히 들어맞는 것 같은 기분이 들었다.

깨지 않도록 속삭인다.

"——고맙습니다, 아가씨들."

그리고 그는 어둠을 틈타 절대로 용납되지 않을 짓을 했다.

소파 앞으로 나아가 차례로 몸을 굽힌다. 소녀들의 이마 실루엣과 그의 입술 모양이 포개어지고 작은 물소리가 네 번, 잇따른다.

그가 무슨 짓을 저질렀는지…… 발각되면 불벼락이 떨어지리라.

하지만, 안 될 것은 또 무엇이란 말인가? 자신은 메리다의 가정교사다. 엘리제도 돌보아 주고 있다. 세르주로부터는 동생 살라샤와 뮬을 부탁받았으니, 그런 그녀들이 훌륭한 행동을 하면 칭찬해 주는 것이 자신의 역할이지 않을까?

　아무렴, 그것이!

　가정교사의 긍지, 라는 것임에 틀림없다…….

　그때, 마지막으로 한 발 발사된 불꽃이 하늘을 물들이고.

　만면에 웃음을 띤 그의 모습을 빛과 함께 오려냈다.

후기

독자 여러분 안녕하세요, 저자 아마기 케이입니다.

이번 권을 구입해주셔서 감사합니다. 어새신즈 프라이드 단편집 Secret Garden 제2권, 어떠셨는지요? 드래곤 매거진 연재분 셋에 신작 둘을 더한, 총 5화—— 어느 하나라도 《귀하》의 마음에 남는 에피소드가 있었다면 영광스럽기 그지없겠습니다.

네, 뭐라고요? 본편 보다 후기를 먼저 읽는다고요? ——그런 당신을 위해서!

이번에도 각 에피소드의 볼거리 해설을 찬찬히 해나가죠…….단편집 2권을 관통하는 테마는 한마디로 《가정교사의 일상》. 단편집 1권의 테마가 《학원물》이었으므로, 쌍을 이루는 구성으로 만들 수 없나——하는 점부터 생각했습니다.

이번의 표지가 어른스러운(?) 이유가 어떻게 이해되셨는지요?

제자들을 지켜보는 선생은 그 눈동자에 어떤 광경을 비추고 있는 것인가…….

길 안내는 맡겨주세요. 자, 다음 페이지로——.

쿠퍼 하면 메리다지, 하는 사명감에 사로잡힌 제1화.

간단히 줄거리를 언급하면—— 인물화 데생을 구실로, 별의 별 수단을 동원해 아가씨의 속살을 확인하려고 하는 가정교사가 되겠습니다. 언뜻 보기에 칭찬받지 못할 행동에는, 두 사람의 목숨에 관계되는 중대한 고민이 숨겨져 있는데——.

이번 에피소드에서는 쓰지 않았습니다만, 로제티와 엘리제 사제도 쿠퍼와 메리다와 비슷한 지도를 하고 있는 걸까요. 그들은 같은 여성이라 서로 어려워하지 않을 것 같군요. 흠흠, 그때는 어떤 대화를 주고받고 있을지…….

궁금하다면 훔쳐봅시다! 라는 제2화.

《본편과는 어딘가 다르다》가 세일즈 포인트인 단편집이므로, 본편에서는 좀처럼 할 수 없는 소재를 다룰 수 있는 것이 좋은 점입니다만, 이번 《체인지》는 그중에서도 가장 두드러지는 것 같네요.

엉뚱한 일로 로제티의 몸에 들어간 쿠퍼. 눈앞에는 가정교사의 이변을 알 길이 없는 엘리제……. 과연 제자에게 들키지 않고 이 사태를 극복할 수 있을까——.

실은 첫 번째 단편집과 점포 특전 숏 스토리에서는 로제티와 엘리제 두 주종이 꽁냥꽁냥 하는 장면을 비교적 자주 쓰고 있습니다만, 소설 본편에서는 좀체 그런 기회를 만들 수가 없네요. 으으음…….

이쪽 페어도 상당히 마음에 듭니다.

분명 로제티의 일상도 매일매일 반짝거리고 즐거울 테죠.

그것을 잠깐 빌려보고자 하는, 제2화였습니다.

쿠퍼의 일상은 편할 날이 없다고! 하는 제3화.

메리다, 로제티 & 엘리제를 했으니, 마무리는 이 아이들로 해야겠죠. 살라샤와 뮬의 이야기.

언젠가 두 사람에게도 메이드복을 입히려고 했었습니다…….
염원이 이루어져 다행입니다.

물론 맥락을 붙여야 하므로 필사적으로 머리를 짜냈고말고요.
어떻게 두 사람을 메이드로 만들어 쿠퍼를 '주인님.'이라고 부르게 하는가── 앞권들을 반복해 읽으며 자연스러운 상황을 세팅하는 데 가장 많은 시간을 썼다고 해도 과언이 아닙니다.

……이번에는 반성은 하지 않겠습니다.

어이어이, 단편집이라고 너무 멋대로 쓴 거 아니야? 그렇게 생각한 당신을 위해서 준비했습니다, 신작인 제4화와 제5화!

역시 단편집에 《안부 인사》가 없으면 안 되죠……. 이번에는 페이지가 많이 남아서 다양한 인물을 등장시키고 또 연결할 수 있어서 즐거웠던, 그런 제4화입니다.

네르바와 라클라 선생의 대화도 이제야 정식으로 써서 대만족──.

그리고 마지막 제5화에도 언젠가 단편집으로 내야지! 하고 생각했었던 《그분들》이 대집합합니다. 이렇게 돌이켜보니 Secret Garden 제2권은 제게 있어 《언젠가》가 가득 찬, 추억이 가득한 한 권이 되었습니다.

　슬슬 후기도 끝나 가는군요. 여러분, 이번에도 함께해 주셔서 정말 감사합니다.

　그럼 마지막으로 신세 진 분들에게 인사를.

　이번만은 애니메이션 관계자분들께 먼저 해도 괜찮을까요. 마지막 방송이 아직 남아 있을지도 모르므로 독자, 아니, 시청자 여러분께서 마지막까지 재미있게 봐 주신다면 고맙겠습니다. 그리고 스태프, 캐스트 여러분, 오랫동안 수고하셨습니다.

　그리고 딜리셔스한 일러스트로 이번 권을 꾸며주신 일러스트레이터 니노모토니노 선생님. 코미컬라이즈판 최신 5권이 호평 발매 중!(광고)인 카토 요시에 선생님.

　만화판에서는 지금 소설에서 익숙한 캐릭터들이 차례로 무대에 올라서 《여왕 선발전》편의 분위기가 매우 고조되어 가는! 장면이므로, 여러분 꼭 문고와 함께 손에 들어봐 주세요.

　나아가 출판에 힘써주신 판타지아 문고 관계자 여러분. 코미컬라이즈판의 분위기를 달궈 주시는 울트라 점프 편집부. 그 밖에도 많은 분의 협력으로 이렇게 이번 권을 보내드릴 수 있었습니다.

　끝으로 지금 이 페이지를 넘기고 있는 《당신》께——.

　부디 이 한 권이 재밌기를 바랄 따름입니다.

　그럼 이만. 여러분 꼭 다시 만나요.

아마기 케이

어새신즈 프라이드 Secret Garden 2

2020년 10월 25일 제1판 인쇄
2020년 11월 01일 제1판 발행

지음 아마기 케이 | **일러스트 니노모토니노**

옮김 오토로

발행 영상출판미디어(주)
등록번호 제 2002-000003호
주소 21311 인천광역시 부평구 평천로 132 (청천동)
전화 032-505-2973(代) | FAX 032-505-2982

ISBN 979-11-6625-238-9
ISBN 979-11-319-6068-4 (세트)

ASSASINS PRIDE Secret Garden Vol.2
ⓒKei Amagi, Ninomotonino 2019
First published in Japan in 2019 by KADOKAWA CORPORATION, Tokyo.
Korean translation rights arranged with KADOKAWA CORPORATION, Tokyo.

노블엔진(NOVEL ENGINE)은 영상출판미디어(주)의 라이트노벨 및 관련서적 브랜드입니다.

아마기 케이
작품리스트

어새신즈 프라이드 1 암살교사와 무능영애
어새신즈 프라이드 2 암살교사와 여왕선발전
어새신즈 프라이드 3 암살교사와 운명법정
어새신즈 프라이드 4 암살교사와 앵란철도
어새신즈 프라이드 5 암살교사와 심연향연
어새신즈 프라이드 6 암살교사와 야계항로
어새신즈 프라이드 7 암살교사와 업화검무제
어새신즈 프라이드 Secret Garden
어새신즈 프라이드 8 암살교사와 환월혁명
어새신즈 프라이드 9 암살교사와 진양대관
어새신즈 프라이드 10 암살교사와 수경쌍희
어새신즈 프라이드 11 암살교사와 금기계제
어새신즈 프라이드 Secret Garden 2

이세계 고문공주

7

언젠가 멀고 먼 옛날이야기라고 불리게 될지 어떨지도 알 수 없는 추악한 이야기.

종언을 극복한 세계에, 아무런 징후도 없이 이세계에서 온 【환생자】이자 【이세계 고문공주】를 자칭하는 금단의 존재, 앨리스 캐럴이 나타난다.

그녀는 【아버지】인 루이스와 함께 엘리자베트에게 가혹한 선택을 제시하는데──.

"만나게 해 줄게! 엘리자베트. 내가! 만나게 해 줄 거야, 소중한 사람과!"

이리하여, 새로운 무대의 막이 오른다──
출연자들이 바라든 바라지 않든 관계없이.

©Keishi Ayasato 2018
Illustration : Saki Ukai
KADOKAWA CORPORATION

아야사토 케이시 지음 │ 우카이 사키 일러스트 │ 2020년 11월 출간

청춘의 상상, 시동을 걸어라!

현실주의 용사의 왕국 재건기

9

마물이 대량으로 발생해서 밀려드는 마나미 현상에 위협받는 동방 제국 연합을 지원하러 가는 엘프리덴-아미도니아 연합왕국 잠정 국왕 소마.

연합의 일국인 치마 공국을 지원하러 간 자리에서, 초원을 재패한 말름키탄의 젊은 '영웅' 후우가와 만난다. 난세가 부르는 영웅 앞에서, 소마는 무엇을 생각하는가──!

애니메이션 제작 결정!
내정을 벗어나 세계를 보는 시리즈 제9권!

ⓒDojyomaru / OVERLAP
Illustration : Fuyuyuki

도조마루 지음 | 후유유키 일러스트 | 2020년 11월 출간
청춘의 상상.시동을 걸어라!

Re:제로부터 시작하는 이세계 생활

23

"이것은 혹사—— 이세계 소환?!"

하룻밤 사이에 분위기가 확 바뀐 나츠키 스바루. 기억상실? 그것도 아니라면——?

"제발…… 너마저 잊으면, 렘은……."

혼란, 불신, 불안…… 안개가 짙게 낀 것처럼 앞이 안 보이는 상황. 그럼에도 「탑」의 시련은 계속되어야 한다. 비록 「네가 잊더라도, 나는 기억하고 있으니까」.

"더 강한 사람이, 똑똑한 사람이 있을지도 몰라. 그래도 나는 네가, 스바루가 좋아."

애니메이션 방영 인기 인터넷 소설.
상실과 재생의 제23막.

©Tappei Nagatsuki 2020
Illustration : Shinichirou Otsuka
KADOKAWA CORPORATION

나가츠키 탓페이 지음 | **오츠카 신이치로** 일러스트 | **2020년 11월** 출간

청춘의 상상, 시동을 걸어라!